손톱 유괴 사건

문일여자고등학교 '내 책, it수다'
김민희, 김수아, 김아현, 최윤영 지음

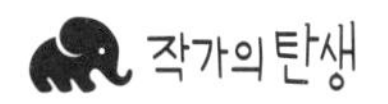

목차

손톱 유괴 사건

김민희

머리말에서 종이 쳤다.

그녀는 학교 종소리로 설정한 기상 알람을 들으며 기이한 새벽을 맞았다. 질퍽한 진눈깨비가 내리는 날은 풀벌레조차 기침하지 않았다. 가로등이 성치 않아 사위가 어두컴컴했고 벌레들은 겨울을 맞이하는 찬가를 불렀다. 일찍 일어난 새가 벌레를 하나둘 잡아먹을 시간이었다. 그녀도 자연의 이치만큼 부지런해야 했다. 습관처럼 책상에 앉았고 피곤에 절어 무거워진 손으로 샤프를 들어 올렸다. 수행 평가에 작성할 논술이 손에 익었는지 확실하게 매듭지어야 했다. 스프링 노트에 매끄러운 글자를 새기며 왼손으로 종잇장을 붙들었다.

아름답게 고조되던 벌레들의 협화음에 비명이 끼어들었다. 그녀가 내지른 것이었다. 손끝에는 단단한 손톱 대신 주글주글한 살덩이만이 남아 있었다. 이내 그녀는 등마루가 서늘해짐을 느꼈다. 한결 선명해진 시야로 손바닥을 들여다보았을 때, 거짓이 아니라는 듯 왼손의 다섯 손톱이 감쪽같이 사라져 있던 것이다. 사태를 인식하는 일련의 순서 뒤로는 뻣뻣한 긴장이 따라왔다. 호흡이 망가지자 심장은 방망이질 쳤으며 두 뺨과 손가락이 저릿했다.

그녀는 형광등 스위치를 누른 뒤 책상 위, 침대를 샅샅이 뒤졌다. 재차 베갯머리를 손바닥으로 쓸어 보았지만 잡히는 것은 없었다. 혈흔도 발견할 수 없었다. 그녀는 쥐가 생손톱을 죄다 갉아먹고 도망간 것은 아닌가, 따위의 허무맹랑한 생각을 하며 머리를 싸쥐었다. 다혈성은 그녀의 고질적인 문제였으므로 머리카락을 한 움큼씩 뜯어내고 나서야 행동이 그쳤다. 숨을 가다듬고 애써 침착하게 주위를 둘러보았다. 침대 헤드 위에 놓인 토끼 인형, 노트북으로 켜둔 〈집중 잘 되는 주파수〉 동영상, 어젯밤에 풀다 잠든 기출문제집의 991번 문항. 모든 것이 그대로였다. 그녀의 인생을 벗어던지고 다섯 개의 손톱만이 종적을 감췄다. 잠귀가 예민한 그녀마저 손톱이 달아나는 기척을 듣지 못한 채였다.

거실에 놓아둔 구피 어항에서 공기 방울이 보글거렸다. 안방 문은 항상 닫혀 있었으므로 여과기가 돌아가는 소리를 제외하고는 아무런 소리도 들리지 않았다. 오직 그녀만이 조급하게 움직이고 있었다. 당혹감은 무의식을 불러왔고, 그녀는 점토로 메워놓은 듯 매끄러운 살갗을 입가에 가져다 댔다. 씹히는 것 없이 물컹한 살점에서 자주 바르는 핸드크림의 머스크 향이 났다.

그녀는 각종 문제집과 노트를 책가방에 집어넣었다. 손톱이 벗겨진 살이 종이 모서리에 닿는 족족 쓰라렸다. 그러나 그녀의 머릿속에 고통이 오래 머물러 있을 자리는 없었다. 그녀는 어항에 먹이를 뿌리고 키링 두 개가 달린 가방을 들쳐 멨다. 차가운 하늘에는 자랄 대로 자란 엄지손톱처럼 생긴 새벽달이 구름에 깎여나가고 있었다.

학교 계단을 오르며 그녀는 불안을 삼켰다. 수행 평가가 산처럼 쌓였지만 애석하게도 온 신경이 왼손으로 쏠렸다. 패딩 주머니로 왼손을 감금하다시피 집어넣고 오른손으로 영단어 리스트를 손에 쥐었다. irritate, 짜증 나게 하다, 사람을 긁다. fade away, 사라지다, 시름시름 앓다 죽다. 손톱의 행방은 그녀의 속을 긁어댔다. 그녀는 제 부실한 집중력을 탓했다. 작은 뇌로는 감당할 수 없는 부피의 걱정과 불안이 수행 평가를 껴안고 몸집을 불렸다.

이리 느슨하게 공부하다 대학은 갈 수 있겠니? 집중력 좋아지는 약이라도 먹여야 하나.

누군가가 했던 말이 이명처럼 들렸다. 그녀는 노력해야 했다. 우등생이라는 촘촘한 그물에 끼기 모자란, 고작 몇 퍼센트의 천재성도 가지지 못해 그야말로 평범한 그녀는 무엇이라도 남들보다 더 많이 노력해야 만족스러운 결과가 나왔다. 그녀는 노력은 결과를 배신하지 않는다는 말을 믿었다. 머리 한구석에 지문처럼 새겨놓은 문구였다. 친구들 사이에서 위신을 세우고, 부모님 앞에서 작아지지 않으려면 그녀 자신부터 날카롭게 갈아내어 몇백 명의 동급생을 짓밟고 올라서야 했다. 그런데 오늘은 평소대로 되지 않았다. 초조는 더 큰 초조를 낳았다.

교실 문을 열자 싸늘한 공기가 교복 바짓단을 훑었다. 그녀는 몸을 잘게 떨며 히터를 켰다. 만족스러운 표정이 얼굴 근육 깊숙한 곳에서 반사적으로 솟아올랐다. 잠시뿐이었지만 반에서 가장 열심히 살고 있다는 것은 그녀에게 자부심으로 작용했다.

"일찍 왔네?"

늘 첫 번째로 도착하던 그녀의 짝꿍이 말을 걸어왔다. 그녀는 귀에 꽂아둔 이어폰을 잠시 빼며 인사했다. 오늘은 내가 경주에서 이겼다, 하는 승리의 미소를 곁들인 채였다. 그러나 짝꿍은 가방을 메고 있지 않았고, 그 대신 책걸상에 가방이 걸려 있었다. 미처 보지 못했던 짝꿍의 가방으로 시선이 닿자 한순간에 조악한 자부심이 무너져 내렸다. 오늘도 네가 처음으로 교실 문을 열었구나. 마음속으로 빈정거리며 이를 갈았다. 무표정으로 변장한 위기가 그녀의 정신을 채찍질했다. 아무렇지 않다는 듯 다시 이어폰을 귀에 욱여넣고, 유인물에 형광펜으로 밑줄을 그으며 오른손 손톱을 깨물었다. 손톱은 앞니에서 딱딱 튀기며 분절되고 깨졌다. 그녀가 턱뼈를 움직일 때마다 골 안에서 커다란 진동이 울렸다. 귀에서 전해지는 서정적인 피아노 음악이 손톱 폭격음을 맞으며 파묻혔다.

오늘 치를 수행 평가는 전부 합해 다섯 개였다. 영어 과목은 비록 최선을 다해 외웠지만 스펠링 실수를 하지 않으리라는 보장이 없었고, 수학 과목은 고등학교에 입학한 이래 만점을 받은 적이 없어 위축됐다. 논술형 평가 두 과목은 서로 내용이 섞일까 조마조마했다. 만반의 준비를 했지만 어느 것도 포기할 수 없다는 일념으로 그녀는 암기에 열중했다. 일순 아랫배에 통증이 느껴졌다. 생리 불순인 그녀는 생리 주기를 체크해 놓고 다닌 적이 없었다. 완벽한 인생에 대한 강박이 있는 그녀가 유일하게 신경 쓰지 않는 것이었다. 밤을 새우는 날이 길어질수록 주기에 대한 감각도 휘발되었다. 통제할 수 없는 육신. 그녀가 끔찍이도 싫어하는 것들이 한꺼번에 불어쳤다. 가방에서 생리대를 꺼내 불 꺼진 화장실로 향했다.

그녀는 조례 시간에도 원고지를 붙잡고 늘어졌다. 앉은 자리가 찝찝했다. 이윽고 1교시 시험이 시작됐다. 겨우 몇 줄을 채우고 나자, 머릿속이 한바탕 불타오르고 남은 재 가루처럼 하얘졌다. 몇 분 전만 해도 가장 자신 있던 시험이었다. 손이 이끄는 대로 어영부영 작성했지만 그것은 그녀가 생각하는 완벽한 글에 전혀 가깝지 않았다. 장기를 쥐어짜듯

배가 아팠고, 그녀는 불안감을 해소하기 위해 손톱을 깨물었다. 조각들을 삼키자 목구멍이 따가웠다.

종이 울리자 뒷자리에서 시험지를 걷었다. 어쩌면 점수를 깎일지도 모른다는 생각이 식은땀과 함께 흘러내렸다. 모자란 글자 수를 맞추려 아무 문장이나 적었으니 망친 거나 다름없었다. 모조리, 남김없이. 무자비한 단어들이 머릿속을 난도질했다. 그녀는 자괴감을 상징하는 단어들을 날카롭게 갈아 스스로 심장을 쑤셨다. 친구들 사이에서 떠도는 험담을 견디고, 부모님 앞에서 무감각해지려면 자괴自壞해야 했다. 배가 아팠다. 그녀는 책상에 납작하게 엎드려 눈물을 쏟아냈다. 친구들은 여유로운 표정으로 다음 시험을 준비했으며 개중 한 명은 그녀에게 다가와 자느냐고 물었다. 그녀는 종이 칠 때까지 쥐 죽은 듯이 누워 있었다.

다음 교시도 잘 봤을 리 없었다. 영어 과목은 l과 r을 바꿔 쓰는 실수를 저질렀을지도 몰랐고, 수학 과목은 한 문제를 손도 대지 못했다. 쉬는 시간을 알리는 종이 치자 아이들의 절규가 폭우처럼 쏟아졌다. 웅성거림 속에서 같은 반 전교 2등이 서술형 5번 문항의 정답으로 예상되는 풀이를 알렸고, 반 전체가 초토화됐다. 아쉬움 섞인 비명 소리가 쓰나

미를 방불하게 했다. 그녀는 자신의 답안이 틀렸단 걸 예감했다. 남은 수행 평가 중에서도 만족스러운 것은 없었다. 7교시 수업이 끝날 때까지 정신을 부여잡지 못하고 시간을 흘려보냈다. 그녀는 차라리 이 모든 일이 악몽이었으면 좋겠단 공상을 하며 종례를 들었다.

야자가 시작됐다. 그녀는 칸막이가 없는 자습실에 들어와 교재 몇 권을 펼쳤다. 그녀의 옆자리는 전교 2등이었다. 중학교 땐 공부를 잘하는지도 몰랐던 애에 불과했지만, 어느 순간 치고 올라와 단숨에 2등까지 거머쥐었다. 재수 없는 애. 공부 때문에 정신이 나갔는지, 할 말 못할 말 구분 못하는 애. 내 샤프 떨어뜨려서 고장내 놓고는 낡아서 조립이 안 되는 것 같다며 농담했었지. 그녀는 그날의 기억을 상기하며 못마땅한 눈빛으로 옆자리를 곁눈질했다. 전교 2등은 이어폰을 낀 채 노트 필기를 하고 있었고 그 옆에는 빨대를 꽂은 에너지 드링크가 놓여 있었다. 괴물의 손톱으로 긁은 듯한 m 모양의 로고가 프린팅된 것이었다. 걔만 없으면 그래도 우리 반 1등은 나인데. 일순간 나쁜 마음이 들었다. 그리고 그녀는 그 마음을 먹었다. 오른쪽을 힐끗거리며 에너지 드링크가 있는 자리에 손을 뻗었다.

“아악! 뭐 하는 짓이야?”

“미안해. 필통에서 수정테이프 꺼내다가 실수로 쳤어. 음료수 있는 걸 못 봐서…… 진짜 미안. 괜찮아?”

엎질러진 캔에서 뿌연 내용물이 흘러나와 노트를 홀딱 적셨다. 자습실에는 휴지가 없었고 주변에 있는 모두가 어쩔 줄을 몰라 했다. 탄산 기포가 종이에 달라붙어 톡톡 터졌다. 전교 2등은 미간을 찌푸리며 노트를 들고 물기를 털어냈다.

“하…… 괜찮아.”

“내가 화장실 가서 휴지 갖고 올게.”

전교 2등은 괜찮다고 연신 말하면서도 애써 얼굴에서 짜증을 숨기지 못했다. 그 옆에서 그녀는 미안한 표정을 연기하며 조용히 문을 밀고 텅 빈 복도로 나왔다. 창문 밖에는 노을이 지고 있었다. 잉크 번진 노트가 눈앞에서 아른거렸다.

지구대를 찾아간 것은 이튿날이었다. 그녀는 사건이 처음 발생한 당일 야자를 끝내고 독서실에 방문했다. 손톱을 지키는 동시에 공부를 하며 아예 밤샐 작정이었다. 인터넷 강의를 들으며 교재를 푸는 동안 에너지 드링크 두 캔을 비웠다. 하지만 세 번째 강의 동영상을 켜고 얼마 지나지 않아 그녀도 모르게 까무룩 잠들었고, 오른손 새끼손톱마저 빠지고 말았다. 그녀는 야간 자습을 처음으로 빼먹고 집에서 가장 가까운 독수리 문양의 건물 앞에 멈췄다. 무표정한 얼굴이었지만 속으로 잔뜩 긴장한 채 김이 뿌옇게 서린 유리문을 밀었다. 히터가 제대로 작동하지 않는지 작은 머플러를 걸친 몸이 오싹했다. 그녀는 자신에게 가장 먼저 시선을 던진 경찰관 쪽으로 다가가 몇 초의 망설임을 건넨 뒤 본론을 꺼냈다.

"손톱이 다 뽑혔어요."

"누가 신고자분께 상해를 입혔다는 말씀인가요?"

경찰관은 눈을 크게 뜨며 자초지종을 물었다. 모르겠어요, 사라진 것 같은데, 며칠 전 밤에 다섯 개, 어젯밤에 한 개요.

어디로 사라졌는지는 모르고요. 그녀는 완성된 문장을 뱉지 않았다. 순경쯤 되어 보이는 그는 몇 번을 되묻더니 서투른 손길로 서류 더미를 뒤져 경위서 한 장을 내밀었다. 그녀는 가장 위에 있는 항목을 비워두고 그날 밤에 겪었던 일을 모조리 써 내려갔다. 잉크가 굳어 간혹 까만 뭉침이 생겼다.

"저기, 이 칸도 채워야 하는 거 맞죠?"

"예, 전부 다, 쭈욱 쓰셔야 돼요."

경찰관이 컴퓨터에 시선을 고정한 채 대답했다. 그녀의 손이 멈췄다. 마지막 잉크가 채 마르기 전, 다시 맨 위로 거슬러 올라갔다. 무슨 내용을 쓰든 도움받을 수 없을 거라는 직감과 공부에 더 집중해야 한다는 생각이 문득 들었다. 성명과 생년월일, 연락처 기입란에 그녀는 가짜 인적 사항을 적어 제출했다. 그녀는 주위의 눈치를 살폈고 경위서를 흘겨본 경찰관은 그녀에게 왼손을 보여 달라고 청했다. 화드득 놀란 그녀는 고개를 저으며 패딩 주머니로 손을 감췄다. 손을 보여주면서까지 도움을 받고 싶은 마음은 없었다. 경찰관은 잠시 피곤한 표정을 지으며 별달리 방도가 없다고 답했다.

"기이하네요. 일단은 증거가 없으니까 뭐…… 저희도 딱히 방법이 없을 것 같고요. 지금 상황으로는 파악도 어려워서, 아마 사건이 또 발생하면 경찰서에 접수가 될 겁니다."

"네."

"스토킹 범죄일 가능성도 있으니 순찰대 요청하시면 파견해 드리겠습니다. 저희 홈페이지에서 따로 신청하셔도 되거든요."

"괜찮아요. 감사합니다."

예상대로였다. 처음부터 손톱을 되찾을 수 있을 거라는 희망을 가지고 신고한 것은 아니었지만 그 이상으로 실망스러웠다. 경찰관은 혹여나 범인이 잡힌다면 다시 연락하겠다고 말했지만 그녀는 그 말의 절반을 믿지 않았다. 지구대를 떠나는 발걸음에 미련이 없었다. 다만 건물 앞에서 엄마에게 전화를 걸어 속마음을 털어놓기로 마음먹었다. 고해든 응석이든 상관없었다. 얼마 지나지 않아 엄마의 목소리가 들렸다. 진심이 목구멍으로 튀어나오려고 했다. 그녀는 망설이다가 기어코 학교에서 안 좋은 일을 당해 기분이 좋지 않다고 거짓을 늘어놓았다. 홈쇼핑 콜센터에서 근무하는 엄마에게 말을 꺼내 괜히 걱정시켰다간 '상담원의 말투가 불친절하다'는 진상 고객들의 컴플레인이 접수될지도 몰랐다. 야자를 빠져야 했던 이유를 설명하고, 학교에서 있었던 이런저런 일들을 거짓말 보태 말했다. 간단한 투정으로 위장한 좌절감을 곧장 해치우고 끝인사를 나눴다. 그래도 학교 열심히 다녀야지 뭐 어떡해, 그것이 엄마의 위로 방식이었다. 씁쓸히 화면을 끄고 그녀는 힘에 겨운 한숨을 쉬었다. 시린 공허함이 하얀 입김처럼 퍼졌다.

그녀는 차가운 공기를 들이마시며 대로변으로 향하는 길을 찾아 뒤를 돌았다. 사람이 잘 지나지 않는 경찰서 뒤켠 길에서 경찰관 두 명이 담배를 뻑뻑 피우고 있었다. 그런데 그로부터 얼마 떨어지지 않은 낮은 담벼락 앞에 누군가가 서 있었다. 그녀의 시선이 홀린 듯 그 남자에게로 향했다. 그는 김이 피어오르는 종이컵을 홀짝이고 있었다. 적어도 서른을 넘긴 것으로 보였으며 얼굴이 말쑥해서 언뜻 보면 배우인 것 같기도 했다. 이때 남자가 그녀에게 시선을 던졌다. 그녀는 신경 쓰지 않는 척 다가가 앞을 지나쳤다.

"손톱이 사라졌죠?"

그녀의 발걸음이 멈칫했다. 그걸 어떻게 아느냐고 묻고 싶었지만 말문이 막혔다. 표정을 숨긴 채 어리둥절하다는 듯이 되물었다.

"그게 무슨 소리예요?"

"너무 걱정하지 마요. 우리 같은 사람들 많으니까. 다들 숨기니까 눈에 안 보이는 것뿐이에요. 보통은 왜 이런 일이 본인한테 벌어졌는지 알고 싶어 하던데."

남자의 말투는 섬세했지만 적어도 그녀의 귀엔 거만하게 들렸다. 세상이 굴러가는 동태를 정확히 알고 있다는 듯한 태도가 미끼를 던지는 낚시꾼과 비슷했다. 그녀는 불쾌한 표정을 고스란히 남자에게 보여주었다. 그는 아랑곳하지 않고 덧붙였다.

"그거 벌 받는 거예요."

"제가 왜 벌을 받아야 하는데요?"

"글쎄요. 우린 단지 사회의 희생양이고, 하필 운까지 나쁜 사람들이니까. 아마 그래서 벌을 받는 거겠죠. 나보다 백

배 더 잘못한 사람들은 이런 수모도 없이 사는데, 하필이면 이미 불행한 삶을 더 불행하게 만들어 주나. 당시에 난 너무 억울해서 잠도 제대로 못 잤어요."

그렇게 말하는 남자의 눈가가 정말로 퀭해 보였다. 그런데 남자의 인상은 그다지 불행해 보이지 않았다.

"난 태어날 때부터 밑바닥 인생이라 사기꾼으로 살아야 했어요. 처음엔 빚더미에서 벗어나려고 시작했는데, 돈맛이 너무 좋아서 끊기 힘들더라고요. 그렇게 살다 보니까 몇 달 전에 이가 몽땅 빠진 거 있죠."

그런데 믿기지 않는 건, 하루아침에 그 이가 다 어디로 사라질 수 있냐는 거예요. 처음엔 내가 돌아버린 건가 했어요. 그런데 아무래도 지은 죄가 커서 그런 것 같더라고. 물론 지금은 착하게 살고 있어요, 이빨 거의 다 돌아온 거 보이죠? 오른쪽 눈꺼풀을 살짝 떨며 웃는 남자의 송곳니 하나가 비어 있었다. 하도 사람을 물어뜯어 발치 당한 고양이 같았다. 그녀는 시답잖은 생각을 하며 눈썹을 찡그렸다.

“그건 그냥 아저씨가 나쁜 짓 하고 다녔으니까 이것도 벌 받는 거라고 생각하는 거겠죠. 난 벌이라고 생각 안 해요. 평소에도 공부하다가 문제가 안 풀리면 손톱을 자주 뜯는데, 그날 밤에 잠꼬대하다가 저도 모르게 다 뜯어먹은 걸지도 모르죠.”

남자가 당치도 않다는 듯이 피식 웃었다. 어느새 외투에서 도로 나와 있는 그녀의 왼손을 가리키며 말했다.

“손이 상처 하나 없이 깨끗한데 진짜로 그렇게 생각해요? 이건 그냥 저주 같은 거예요, 중요한 걸 방해받는. 어쩌면 새 인생을 시작하게끔 만들어 주는 고마운 장치죠. 나도 처음엔 절망했어요. 이가 다 빠지고 내 특기를 잃었으니까. 발음 때문에 내 말을 알아먹는 사람이 없는데 어떻게 사기를 치겠어요. 처음엔 정신 못 차리고 어떻게든 새로운 방법으로 사기 칠 궁리만 했습니다. 그런데 집을 안 나가고 이틀쯤 지나니까, 아, 이건 기회구나 싶은 거예요. 그제야 깨끗하게 손 털고 그 특기를 완전히 버리기로 했어요. 정직하게 사니까 몸은 힘들지만 여기는 건강해지는 거 있죠.”

남자는 손가락으로 제 가슴께를 가리켰다. 그녀는 납득하며 그의 말을 잠자코 들었다. 저주 혹은 기회로 생각되는 이 현상은 그녀의 신체의 일부를 가져간 듯했지만 정말로 앗아간 것이 따로 있었다.

"전 손톱 때문에 공부에 집중이 제대로 안 돼요. 저 이번 시험 진짜 잘 봐야 한단 말이에요. 어떡해야 원래대로 돌아오죠?"

"손톱을 잃어버리면서 같이 잃어버린 무언가를 잘 생각해봐요. 난 이를 잃고 나서 일을 그만뒀지만, 돌이켜보면 결국엔 내가 했던 모든 일들이 다 허영심과 욕심이었던 것 같다는 생각이 드네."

"제가 손톱 때문에 집중력을 잃었다, 이 말이에요?"

그녀의 말 속에는 수십 개의 가시가 돋쳐 있었다.

"진정해 봐요. 학생은 손톱이 벗겨졌잖아요. 좀만 짧게 깎아도 아픈 게 손가락인데, 통째로 사라졌으니 그 무른 살이 얼마나 아프겠습니까? 불안한 마음 백번 이해해요."

"그래서 제 손톱은 어떻게 해야 되냐고요. 아저씨가 다 안다는 듯이 말했잖아요."

"학생은 손톱이 사라진 자릴 얼마나 들여다봤어요? 수없이 쳐다보고, 건드려 봤죠? 학생도 이제 본인 껍데기를 벗고 그 민낯을 봐요. 속이 얼마나 여리고 멍들었는지."

그의 모호한 형용이 그녀의 심기를 건드렸다. 민낯, 여리고 멍든. 그녀의 인생에서 처음 들어본 표현의 집합이었다. 칭찬과 모욕이 아닌 다른 형태의 표현에 낯선 감각이 전이됐다. 그것은 곧 민감한 반응을 불러왔다.

"대체 뭔 소릴 하는 거예요? 이거 사기 치는 거죠? 괜히 내 시간만 죽였네. 고등학생한테까지 장난질하고 싶어요? 저는요, 열심히 공부해서 좋은 대학 졸업하고 대기업 연봉 받으면서 살 거예요. 당신 같은 범죄자, 이 사회의 패배자 인생이 아니라."

그녀는 눈을 치켜뜨고 으르렁거렸다. 가만히 듣고 있던 남자는 눈썹을 으쓱이더니 웃었다.

"내 말 믿기 싫으면 믿지 마요, 내 용건은 끝났거든. 난 바뀐 내 삶에 만족한 뒤로 이렇게 남들 도와줄 때마다 이가 하나씩 돌아와서요."

그의 새하얀 송곳니가 번뜩였다. 보고도 믿기지 않았다. 그녀의 머리에서 낚시찌가 흔들렸다. 간신히 정신을 부여잡은 그녀가 소리쳤다.

"당신은 그냥 위선자야. 본인 이빨 때문에 오지랖이나 부리고!"

그녀의 날카로운 언성에 경찰관들이 힐긋거렸다. 남자는 샛길로 떠나며 충고했다. 등대 하나 없는 망망대해에서는 발버둥 칠수록 더 가라앉게 된다. 그 말과 함께 옅게 쌓인 눈길 위로 발자국이 남았다.

집에 돌아가는 길에서 곱씹을수록 오장육부에서 분노가 치밀어 올랐다. 그녀의 얼굴이 붉으락푸르락하길 반복했다. 거친 손길로 도어락을 열고 주요 과목 교과서와 문제집이 든 육중한 가방을 있는 힘껏 던졌다. 가방은 어항을 밀어

내고 힘없이 떨어졌다. 작은 유리 어항이 순식간에 터졌고 물과 구피가 사방으로 흩어졌다. 그녀는 부리나케 달려 가방 안에서 젖었을 교과서를 확인했다. 다행히 멀쩡했다. 펄떡거리는 빨간 구피와 어항 물이 흥건히 적신 바닥으로부터 문제집을 방으로 피신시켰다.

그때 그녀는 자신에 대한 지울 수 없는 혐오감을 느꼈다. 급하게 종이컵을 꺼내 구피를 물 안에 집어넣었고, 깨진 유리를 치웠으며 마른걸레로 장판을 닦았다. 비릿한 물 냄새가 진동했다. 얼마 지나지 않아 구피는 모두 서서히 움직임을 멈췄고 가라앉거나 떠올랐다.

퇴근한 엄마와 아빠는 그녀가 친 사고를 나무랐다. 단숨에 벌어진 실수였지만 질책은 곧 그녀의 타고난 학습 능력 부족으로 귀결됐다. 변질된 꾸중이 정신을 마구 할퀴었다. 그녀는 다시 가방에 짐을 챙기고 독서실로 향했다.

그녀는 손등으로 눈가를 문지르며 기출 문제를 풀었다. 공부를 하면 더 영리해져야 하는 게 온당하건만 머리가 흠씬 얻어맞은 듯 욱신거렸다. 숨죽여 호흡을 골랐다. 머리가 아파 올 때까지 문제를 풀고 오답을 정리했다. 그녀는 등 뒤에 지느러미를 단 채 목적지 없이 헤엄쳤다. 그것은 물 만난 물

고기의 모습이 아니었다. 등대 하나 없이 캄캄한 곳에서 배를 까뒤집은 구피가 그녀의 머릿속을 떠다녔다.

그로부터 일주일간 손톱이 빠지는 일은 없었다. 그녀는 정신을 추스르고 다시 예전의 일상으로 복귀했다. 그런데 이상한 점은 손톱이 다시 자라지 않는다는 것이었다. 왼손은 사건이 일어난 당일의 모습 그대로를 유지했다. 아무것도 달려 있지 않은 맨손이 차츰 익숙해졌고, 그 누구에게도 들키지 않고 학교에 다녔다. 비밀을 들키지 않는 데에는 수많은 노력이 필요했다. 감기에 걸려 재채기를 할 때조차 팔을 높이 들 수 없었다. 감기의 증세가 심각해지자 그녀는 병원을 방문했다. 6시면 전부 문을 닫아버려 야자를 빼야만 들를 수 있었다. 병원에서는 수면 부족이 면역력 저하의 원인이 될 수 있으니 푹 쉬어야 한다며 권고했다. 하지만 뼛속에 새겨진 강박은 쉽게 지워지지 않았다. 밤새도록 기침하며 그녀는 간신히 첫 시험을 준비했다. 시험 당일 아침이 되었고 엄마가 차려 놓은 밥상에 앉아 흐리멍덩한 정신으로 식은 밥을 먹었다. 어젯밤 부부싸움을 치른 부모님은 벌써 출근하고 없었다. 몸이 모래주머니를 단 듯 무거웠다.

약 다섯 알을 삼키고 물을 들이켠 그녀는 무언가 이상함을 감지했다. 자세히 들여다보니 오른손 검지 손톱이 없었다. 쨍, 식탁 유리와 컵이 부딪치는 소리가 났다. 그녀는 곧장 방으로 들어갔다. 초조한 기억이 되살아났고 숨이 가빠지면서 머리가 쭈뼛 섰다. 욕지기와 함께 입술을 짓씹었다. 중요한 시험을 앞두고 있으면 귀신같이 일이 반복되고 있었다. 누군가 의도적으로 손톱을 유괴하고 있단 듯이.

첫날부터 세 과목을 연달아 치러야 했다. 학교는 평소보다 더 고요했다. 예정된 시간에 감독 선생님이 들어왔고 아이들은 일제히 가방에 문제집과 교과서를 집어넣었다. OMR 카드가 배부되고 종이 치자 나직한 안내 방송이 흘러나왔다. 생명과학은 나쁘지 않았다. 헷갈리는 선지 한두 개가 있었지만 시간이 많이 남은 덕분에 충분히 고민한 뒤 정답을 골랐다. 문제는 수학이었다. 약 기운이 서서히 올라오더니 정신이 몽롱해졌다. 간단한 수식 계산조차 잘못되어 같은 문제를 몇 번이나 다시 풀었다. 잠이 쏟아질 때마다 그녀는 굳은살을 씹었다. 살갗이 벌게지더니 어렴풋이 붉은 액체가 맺혔다.

감독 선생님과 시선이 마주쳤다. 손톱이 없단 걸 들킬까, 그녀는 얼른 책상 아래로 손을 집어넣었다. 입에서 비릿한 쇠 냄새가 났다.

3교시가 끝난 뒤 급식을 함께 먹는 친구들이 모였다. 사회 과목을 배우는 다른 반 한 명이 시험 잘 쳤느냐며 말을 붙였다. 그녀는 대충 얼버무렸다. 친구는 그녀의 안색을 보더니 말했다.

“오늘따라 왜 이리 힘이 없어? 시험 잘 못 봤어?”

“누가 못 봤대? 그럭저럭 봤다니깐.”

“근데 왜 시름시름 앓는 얼굴이지? 어디 아파? 코맹맹이 소리가 나는 거 같기도 하고.”

그녀는 어깨를 으쓱이며 밥을 한 숟갈 떴다. 시험 과목도 다르면서 왜 자꾸 꼬치꼬치 캐물어? 계란국과 함께 뒷말을 조용히 삼켰다. 모 대형 학원에 다니는 한 명이 학교 홈페이지를 들락거리더니 답지가 떴다며 호들갑을 떨었다. 이윽고 단체 채팅방에도 답지가 올라왔다. 얼핏 본 정답과 제 OMR 마킹을 머릿속으로 대조한 그녀는 식판을 들었다. 한 친구가 의아해하며 물었다.

"어디 가?"

"나 먼저 갈게. 학교 주변 스카 가서 공부하려고."

"원래 다니던 독서실은 안 가? 거기 같이 가자."

"거기 이제 안 다녀."

"왜? 그냥 계속 다니지, 사람은 많아도 깔끔해서 좋잖아."

"뭐래, 넌 상관없겠지만 난 거기 시끄러워서 집중 하나도 안 돼."

그녀의 경멸 섞인 시선을 끝으로 일순 정적이 맴돌았다. 아무도 그녀에게 더 이상 말을 걸지 않았다. 그녀는 친구들과 작별 인사를 했다. 내일 있을 시험을 잘 보기 위해서는 늑장 부리지 않고 공부해야 했다. 약국에서 반창고 하나를 구매해 손가락에 붙인 그녀는 5층 건물 안으로 성큼 들어갔다. 종일권을 끊고 스터디카페에서 하룻밤을 보냈다.

시험 둘째 날, 오른손 약지 손톱이 사라졌다. 바야흐로 손톱이 사라지는 것은 의례가 되어갔고 여전히 그녀에게는 시험이 중요했다. 그녀는 감기가 정신을 흩뜨려 놓지 않도록 일반의약품으로 분류되는 두통약 한 알을 삼켰다. 처방받은 약을 먹었다간 영어 지문을 읽으며 어제처럼 조는 일이 벌어질지도 모르니 봉지조차 뜯지 않았다.

시험지를 푸는 손끝의 여린 속살이 아팠다. 유약한 살결을 감싸던 껍데기가 사라지자 어딘가에 스치기만 해도 아렸다. 진로 선택 과목 시험지에 서술형 답안을 쓰던 손이 절로 우그러들었다. 그녀는 급식을 거르고 스터디카페에 가기를 반복했다. 건물로 들어가는 길이 유독 추웠다. 첫날 과목들을 채점했을 땐 울음이 터져 나왔지만, 그 일도 손톱과 마찬가지로 몇 번 되풀이되자 무던해졌다. 몇 시간을 내리 공부하고 집으로 돌아온 그녀는 일찍 잠에 들었다.

시험 셋째 날, 중지 손톱마저 사라졌다. 이제 남은 손톱은 단 하나뿐이었다. 남은 시험도 딱 하루였다. 교복으로 갈아입은 그녀가 책가방을 메고 방에서 빠져나왔다. 내일은 전국에 눈이 내리겠습니다, 아빠는 거실에서 일기예보를 보고 있었다.

"다녀오겠습니다."

"응, 시험 잘 보고."

지겹도록 들었던 말이지만, 정말로 지겹게 들린 것은 이번이 처음이었다. 늘 아빠의 기대에 미치지 못했던 그녀는 금기어를 들은 사람처럼 이어폰을 꼈다. 쿵쿵쿵, 심장이 시끄러운 노랫소리에 맞물려 뛰었다. 그녀는 아빠의 말에 부응하지 못했다. 셋째 날 시험이 끝나자 원인 모를 상실감이 몰려왔다. 아빠의 응원이 하나의 징크스라고 생각될 정도였다.

그녀는 아쉬운 마음을 참으며 스터디카페에 방문했다. 학생이라면 으레 그렇듯이 마지막까지 전력을 다해 기출 문제를 풀었다. 종국에는 엉덩이를 떼는 것조차 아까웠다. 그녀는 건물에서 빠져나와 횡단보도를 건너며 기쁨인지 슬픔인지 모를 얼굴로 밤하늘을 올려다봤다. 희끗희끗한 알갱이들이 휘날리는 사이로 손톱달이 떠 있었다. 그것마저 구름에 가려져 뿔이 돋은 것처럼 보였다. 잡동사니가 잔뜩 들어 있는 가방이 무거웠다. 도색된 키링이 녹슨 채 딸랑거렸다.

내일이 되면 하나 남은 엄지손톱도 빠지겠지.

그녀는 달을 보고 중얼거렸다. 그리고 빙그레 웃었다.

"그래도 내일이면 시험도 끝이다. 달아, 넌 내 유일한 목격자야. 넌 누가 내 손톱 가져갔는지 다 알지."

그리고 내가 얼마나 노력했는지도 알지.

검게 물든 하늘 아래로 그간의 일들이 스쳐 지나갔다. 그녀는 코를 찡그렸다. 귀 뒤에서부터 먹먹한 근육의 움직임이 느껴지면서 눈시울이 뻐근했다.

"걔한테 너무 미안해……. 질투심에 눈이 멀어서 괴롭힌 게 맞아. 근데 난 아직도 걔가 나보다 시험 못 봤으면 좋겠어."

책임지는 것과 감당하는 건 왜 이리 다른 영역일까. 내 성적은 내가 책임지는 게 맞는데, 이 삶이 감당이 안 돼. 난 아직 꿈도 없는데 뭘 위해 치열하게 살고 있지. 그 남자 말처럼 내가 망망대해에서 버둥대고 있는 걸까. 눈앞이 캄캄하고 숨 막혀.

허파에 물이 들어간 사람처럼 수차례 기침을 한 그녀는 손바닥을 오므려 손끝을 확인했다. 달은 홀쭉해지고 차오르기를 거듭했지만 손톱은 여전히 자라지도, 돌아오지도 않았다. 그때 비로소 그녀는 사건의 실마리를 잡았다. 나를 감싸고 있던 껍데기는 대체 무엇이었을까. 무얼 만나 깨지고 부서진 걸까, 아니면 자연히 사라진 걸까. 그녀는 울컥울컥 차오르는 지난날의 단상들을 되까렸다. 작은 바람에도 미어지는 속살이 안타까웠다.

세상에서 가장 큰 손톱. 꿈결처럼 아득해서 손가락에 꼭 들어맞는 달. 그녀는 엄지를 추켜들어, 그것에 자신의 살덩이를 바싹 들이밀었다. 애석하게도 마음속 불안이 자라났고 그녀는 이 불행 덩어리를 손톱깎이로 잘라낸다면 좋겠다는 생각 따위를 했다. 눈물이 고여 흘러내렸다. 눈꽃이 머리 위로 쏟아졌다.

벗어나다

김수아

01.

타인의 시선에 난자당해 죽는다면, 필히 이런 기분이리라 생각했다. 모두가 목도 중인 것은 나의 책상 위, 단조롭지만 무작위한 욕의 배열이다.

"관종 새끼, 기생수[1]가 자랑인가? 나 같으면 쪽팔려서 학교 못 다닌다."

1 '기초생활수급자'를 줄인 말

조소 섞인 공명에도 나는 아무 말 하지 못했다. 단지 참아야 한다는 일념뿐. 책상 위 카오스, 유난히 눈에 띄는 문장이 있다. '엄마나 딸이나. 못 배운 티 좀 내지 마.' 불현듯 기시감이 들었다. 어디서 많이 본 문장이다.

'아, 엄마 인스타그램 댓글…….'

과학고에 진학한 기초 생활 수급자의 딸, 사교육 하나 없이 과학고등학교에 진학한 나는 우리 엄마의 자랑거리다. 반신반의하며 접수한 과학고등학교에서 합격 통지서를 보내오자, 그날 엄마는 그녀와 함께한 이래로 내게 처음 보는 웃음을 지어 보였다. 그도 그럴 만한 것이, 나는 늘 엄마가 불쌍하다고 생각했다. 가부장적이고 폭력적인 일용직 노동자 남편과 애교 없는 그녀의 딸. 어느 날 엄마는 술에 취한 아빠에게 맞아 잔뜩 멍이 들어선 나를 안은 채 울었다. 구태여 이유는 묻지 않았다. 다만, 나는 엄마가 의지할 사람이 나뿐인 것은 분명하다고 생각했다. 그날 이후, 내게 있어 엄마는 폭력적인 남편 옆에서 웃음을 잃어버린, 아주 불쌍한 사람일 뿐이었다. 그래서 나는 반항 없이 과학고등학교 진학을 택했다. 엄마가 웃으면, 그걸로 나는 좋았다.

그러다 일 년 전, 엄마는 인스타그램을 시작했다. 엄마의 지인 중 한 SNS 인플루언서의 소개로 시작한 인스타그램. 하나, 둘 모이는 팔로워와 맹목적인 관심과 사랑에 엄마는 하루가 다르게 밝아져 갔다. 문제가 있었다면, 자신의 인스타그램에 나를 이용하기 시작했다는 것이다. 엄마에게도 기특한 딸의 모습은 이름 모를 누군가의 동정심을 자극하기 충분했다. 사랑은 쏟아졌고, 엄마의 행복은 '좋아요' 개수와 비례했다. 당연하게도 나를 아니꼬워하는 사람들 또한 점점 늘어났다. 그들 중 대부분은 나와 같은 과학고등학교에 다니는 친구들이었고, 괴롭힘은 날이 갈수록 심해졌다. 그만하라며 소리쳐볼까 생각했지만, 그때마다 나를 멈춰 세우는 것은 "여운아, 나는 네가 과학고에 간 게 너무 자랑스럽다! 사랑해, 딸."이라고 말했던 엄마의 한마디였다. 어떻게 찾은 행복인데, 그것을 내 손으로 앗을 순 없었다. 게다가 자신의 삶을 찾겠다며 마음먹은 엄마는 이혼을 선택했다. 그런데 왜일까. 엄마는 스스로를 불행의 길로 몰아넣었다. SNS로 만난 50대의 남자. 둘은 몇 번의 만남 이후 동거를 시작했다. 처음에는 아빠와 다르리라 생각했지만, 얼마 지나지 않아 이 생각도 틀렸음을 깨달았다. 그와 얽힐수록 엄마가 감당해야 할

금전적 책임은 늘어갔다. 게다가, 끝나지 않는 폭력. 엄마를 이곳으로부터 탈출시키기 위해 나는 더 간절해졌다.

"얘들아! 이동 수업이래."

사람의 머리가 이렇게나 많은데, 역시 이 중 나를 위한 구원은 없다. 아, 책상은 나중에 치워야지. 나는 빠르게 물리실로 올라갔다. 어쩌면 내겐, 분노할 시간조차 없을지도 모른다고 생각했다. 내가 멈춰 서있는 몇 초 동안, 몇 층을 앞서 올라가 있는 저 아이들을 따라잡기엔, 나는 생각보다 머리가 나빴다. 시골 중학교에서 학원 없이 좋은 성적을 유지했다고, 이미 고등학교 교육 과정을 몇 번이나 학습한 저 아이들을 쫓아가기에는 시간이 턱없이 모자랐다.

"자, 오늘이 며칠이냐. 6일? 6번 누구야. 김여운? 나와서 이 문제 풀어보자."

"아……."

칠판 앞에 섰지만, 좀처럼 손이 움직이지 않는다. 커져

가는 웃음소리. 그 옆으로 들리는 선생님의 한숨.

"아이고, 여운아. 넌 이것도 못 풀면 어쩌려고 그러냐. 자, 얘들아. 이 문제 답이 뭐지?"

모두들 같은 답을 합창한다. 동시에, 동정과 비웃음 서린 눈. 각자의 감정을 담은 시선은 일제히 나를 향한다. 똑같은 물리실에 있는 우리인데, 나에게만은 또 다른 물리 법칙이 작용하는 듯, 자리로 돌아가는 발걸음이 무겁다.

"여운아, 책상 밑에 쪽지 좀 주워 줘."

쪽지를 줍기 위해 쪼그려 앉아, 책상 밑에서 고개를 들었을 때 내 눈에 보인 것은 누군가의 사진이 띄워진 핸드폰 화면이었다. 두 여자의 나체 사진, 얼굴을 자세히 보니 그것은 난잡하게 합성된 나와 엄마의 얼굴을 하고 있었다. 그 현실감 없는 사진 속 엄마와 나는 입을 맞춘 채 누워 있었다.

종종, 사람들은 몸이 떨리면 갈피를 잃기 마련이다. 내 손에 쥐어진 연필도 그랬다. 네가 찾던 하얀 쪽지는, 네 흰자에 있었구나. 바짝 깎인 연필은 어느새 진동을 멈춘 채, 맞은 편 그녀의 흰자위로 향하고 있었다.

"아악!"

12음계를 동시에 누르는 듯한 비명이다. 그 애처로운 소리는, 이미 날카로운 흑연이 그녀의 손바닥을 관통한 뒤였다. 저 작은 손은 망설임 없는 연필의 궤도에 본능적으로 들어 올려진 듯했다. 정신 차릴 틈 없는 소란 속, 위압감 넘치는 목소리가 들렸다.

"김여운, 너 미쳤어?"

학교 전체에 울려 퍼지는 쉬는 시간 종소리. 쿵쾅대는 것이 나의 심장 소리인지, 종소리인지 알 수 없었다. 학교를 나오는 동안, 뒤돌아보지 않았다. 빠르게 뛰는 심장이 집으로 향하는 발걸음을 재촉했다. 나는 그저 지옥 같은 곳에서 벗어나고 싶다는 마음뿐이었다. 그러나, 숨소리가 잦아드는 것은 순식간이었다. 차가운 현실을 마주하게 되는 데에는 그리 오랜 시간이 걸리지 않았다. 발걸음이 멈춰선 반지하에서 들리는 엄마와 아저씨의 싸움 소리.

"아 오빠! 제발 나 이제 돈 없어……. 이번 달 전기세는 오빠가 낸다며. 왜 그래, 진짜."

엄마, 나 사고 친 것 같아.

"내가 언제? 허……. 참 오빠도 진짜 너무한다. 저번 달에도 돈 없다고……. 그렇게, 그렇게 말해서 내가 그냥 넘어가 줬잖아. 이제 적당히 해야 할 거 아냐."

엄마, 미안해.

"오빠, 이러는 거 한두 번이야? 나도 힘들어 이제……."

엄마. 내가 미안해.

"썅년아! 목소리 안 낮춰? 시끄럽게 말이 많아. 내가 언제 그랬냐고, 언제. 증거 있어?"

도망쳐야 한다고 생각했다. 지금은 집으로 들어갈 수 없다. 그럼 어디로 가지? 홍천으로 가자. 당장 갈 수 있는 곳은 내 중학교 시절의 전부였던, 홍천뿐이다. 적어도 오늘은 금요일이니까. 엄마, 나 오늘 단축 수업. 주말 동안 홍천 좀 다녀올게. 학교에서 전화가 가리란 걸 알지만, 잠시라도, 텍스트 박스 뒤에 숨고 싶다고 생각했다. 당연히 짐은 챙기지 못했다. 주머니엔 지갑뿐. 곧장 터미널로 향했다. 인천에서 홍천까지 버스로는 두 시간 반. 현장에서 가장 빠른 버스표를 발권했다. 핸드폰은 꺼둔 채, 터미널 사물함에 넣어두었다. 뒷일까지 생각할 여유는 없었다. 그렇게 30분 후, 시각은 오전 열한 시 반. 버스에 올랐다. 도피성 귀향길 풍경은 흰 천에 번져진 수채화 물감처럼 자연스러운 그라데이션이다. 회색 배경이 서서히, 서서히 녹색으로 물들었다. 그 풍경은 속없이 화창한 여름을 닮아 진하고 시원한 녹색이다.

02.

오랜만에 밟은 홍천의 풍경은 여전하다. 시끄러운 인천

에 비하면 사람은 적고, 온통 산뿐이다. 2시간 30분의 이동간, 가빴던 호흡과 불안은 꽤 잦아들었다. 아, 어디로 가지. 나는 무작정 걷기 시작했다. 과학고등학교에 입학한 이후 2년이 지났음에도 변하지 않은 건물의 위치가, 잘 돌아왔다며 반겨주는 듯했다. 발걸음이 멈춘 곳은 중학교 앞 편의점이었다. 과학고 입시를 준비하던 당시, 하교 후 친구들과 모여 앉아 빵을 사 먹었던 기억에 기분이 괜히 울컥해졌다. 빵, 아직도 있으려나? 편의점 유리문과 녹슨 종이 부딪혀 경쾌한 소리가 났다. 그러나, 일반적인 상황에 이어져야 하는 문장은 프랜차이즈를 소개하는 알바의 인사다. 내 이름이 아니라.

"여운아? 네가 왜 여깄어?"

방새벽을 알아보는 데는 그리 오랜 시간이 걸리지 않았다. 다만 나의 정적은 내가 여기 왜 있느냐 하는 질문에 대답할, 적당한 문장을 떠올리지 못했기 때문이다.

"아……. 학교가 단축 수업이었거든. 내일부터는 주말이기도 하니까. 그래서……. 너는 이 시간에 여기 왜 있어?

학교는?"

"아, 나 학교 끝나면 계속 알바해. 오늘도 학교 끝나고 바로 온 거야. 넌 어디 가는 길이었어?"

"어차피 잘 곳도 없고 당일치기로 온 거라, 그냥 산책이나 좀 하려고. 걷다가 옛날 생각나서 잠깐 들린 거야."

새벽은 시계를 잠시 쳐다보곤 말했다.

"나 이제 퇴근인데, 같이 갈래? 데려다줄게. 10분이면 되는데."

오랜만에 본 얼굴인데도, 어쩜 이리 생글생글 웃는 낯인지. 중학교 때부터 실없이 웃기만 하던 모습이 그대로다. 물리적인 거리가 멀어지면, 자연스레 마음도 멀어진다고 하지 않던가. 아마 우리도 같은 관계였던 것 같다. 그럼에도 새벽이 지금 2년간의 공백을 뒤로한 채 선뜻 다정을 내밀 수 있는 이유는, 가끔 너무 철없는 게 아닐까 싶을 정도로 맑은 성격 덕분일 것이다. 그러나 이따금씩 나는 새벽의 아이 같은 모습이 짜증 나 밉기도 했던 것 같다. 조금 뒤, 새벽은 흰 반팔에 얇은 검은색 반바지를 입고 창고에서 나왔다. 그가 손에 들고 있는 것은 유통기한이 얼마 남지 않은 크림빵이다.

"자. 이거 먹으면서 가자."

어느새 손에 쥐어진 크림빵. 예상하지 못한 호의가 따듯했다.

"잘 지냈어?"

따끔인지 뜨끔인지. 평범한 안부에도 창에 찔리는 기분이다. 얘는 인스타그램 안 하나? 차라리 다행이라고 생각했다. 그래도 잘 지내지 못했다는 말을 뱉기에는 무거워 삼켰다. 이런 속을 모르는 새벽은 여전히 햇살 같은 미소다.

"모르겠어. 그러는 넌? 갑자기 알바는 왜 하는 거야? 학교까지 다니면서 일 하는 거 너무 피곤하지 않나?"

"사실 나, 작곡 배울 생각이야!"

혼란스러웠다. 갑자기 작곡이라니. 새벽이 중학교 때

음악을 남들보다 좋아하는 사람이었다지만, 아무리 그래도 진로를 이렇게 갑자기 정해도 되는 건가 싶었다. 묻고 싶은 게 너무나 많아, 다음 질문을 위해 한참 고민해야 했다.

"뭐? 갑자기 무슨 작곡? 아니……. 그건 그렇고 너희 부모님은 반대 안 하셨어?"

"엄청 싫어하시지! 그래서 나 지금 알바하는 거잖아."

"…"

얘는 어쩜 이렇게 꾸준히 철이 없을까. 어디서부터 솟아오르는지 알 수 없는 분노가 슬금슬금 목을 타고 올라왔다.

"아무리 그래도 그렇지. 이건 아니지 않아? 너희 부모님도 반대하신다며. 너 그쪽 분야는 잘 알고 있는 거 맞아? 뭐……. 중학교 때 네가 음악을 좋아했다지만, 진로로 정할 정도는 아니었잖아."

"그러는 너도, 과학고등학교 준비할 때 제대로 알아보고 준비한 것도 아니었잖아."

울컥, 튀어나올 뻔한 못된 말들을 삼켰다.

“너야말로 중학교 때 기억 안 나? 너희 부모님이 너 공부시키려고 학원에 쓰신 돈이 얼마인데. 갑자기 네가 이러면 어머니께서 엄청 속상해하시겠다.”

“엥? 내가 하고 싶은 거 하겠다는데 우리 엄마가 무슨 상관이야.”

새벽은 눈 하나 깜빡이지 않고 말을 이었다. 이상할 것 없이 당연하다는 표정. 넌 항상 뭐가 그렇게 쉽냐고 묻고 싶었다. 아무리 생각해도 너는 너무 철이 없는 것 같다고 말하려 입을 떼는 순간, 익숙한 목소리가 들렸다.

“어머, 여운이 아니야?! 아줌마 기억하지?”

목소리의 주인은 새벽의 엄마였다. 새벽의 엄마는 마트에서 장을 보고 오는 길인지 양손에 바구니를 든 채, 우리에게 걸어왔다. 새벽과 그의 모친을 보고 있자면, 웃는 표정이 너무 닮아 모르는 사람이 봐도 모자지간이구나 싶다. 마치 햇살 같은 미소다. 새벽은 새벽의 엄마에게 달려가 안겼다.

키도 180이 넘는데, 얘는 아직도 자기가 아기라고 생각하는 건가 싶다. 나는 새벽의 엄마에게서 쏟아질 것만 같은 바구니를 넘겨 들었다.

"여운아, 이렇게 만난 것도 너무 반가운데 아줌마 집에서 자고 갈래? 아줌마가 맛있게 밥해줄게."

거구의 아들을 끌어안은 채 버거운 표정을 하시면서도 새벽의 어머니는 내게 웃음 지으며 물었다. 새벽은 눈 오는 날 잔뜩 신난 강아지 같은 모습으로 뒤를 돌아 내 손목을 잡아끌며 물었다.

"자고 갈 거지? 당일치기는 너무 아쉽잖아. 그냥 자고 가!"

고민 중인 내게 새벽이 다가와 다시 한번 속삭였다.

"내가 작곡한 노래도 들려줄게. 빨리 가자."

거절하기엔 입이 떨어지지 않아 천천히 고개를 끄덕였다. 나는 새벽과 새벽의 어머니가 함께 걷는 모습을 조금 뒤에서 바라보며 걸었다. 마냥 즐거운 기분은 아니었다. 은근하게 온몸을 감싸는 위화감의 출처를 고민했다. 그것은 낯섦에서 오는 위화감이었다. 엄마와 나의 관계에서는 상상할 수 없는 모습이, 저 모자지간에는 있었다. 실망 옆에도 사랑이 존재할 수 있다는 것. 그 하나의 결론에 도달하자 어쩐지 이상한 기분이 들었다.

03.

새벽의 엄마가 요리하는 동안 새벽은 나를 데리고 자신의 방으로 들어갔다. 베이지색 톤의 가구가 배치된 방은 새벽의 성격만큼이나 따듯한 분위기를 자아낸다. 방의 벽면에 진열된 일렉 기타와 통기타. 그리고 책상 정 가운데, 작곡용 키보드가 자랑스러운 듯 올려져 있다.

“야……. 이게 다 얼마야.”

나도 모르게 툭 튀어나온 말에 당황해 입을 가렸다.

"괜찮아, 비싼 건 사실인데 뭐. 이거 사려고 알바하느라 얼마나 힘들었는지 몰라. 다 내 피, 땀, 눈물이야."

방새벽은 눈물을 훔치는 시늉을 하며 말했다. 그리고 새벽은 침대에 걸터앉아 통기타를 들었다. 잠시 손을 풀며 몇 가지 코드를 잡더니, 이내 자신이 작곡한 곡을 들려주겠다며 연주를 시작했다. 적당히 신나는 빠르기의 스윙 리듬, 가사는 없지만 흥얼거리는 멜로디가 여름밤에 참 잘 어울린다고 생각했다.

"너 음악 정말 열심히 했나 보네."

"아니, 그렇다니까? 사람을 뭐로 보는 거야! 나 한다면 하는 사람이라고."

새벽은 헛웃음을 지으며 말했다. 코드를 잡는 손끝에는 굳은살이 잔뜩. 얼마나 오랜 시간 공을 들였을지 상상조차 되지 않았다. 좋아하는 게 생기면 저렇게까지 하게 되는구나 싶었다. 근데 왜 또, 나는 씁쓸해지는 걸까. 도통 이유를 알 수 없다.

"얘들아! 밥 먹어!"

저녁 메뉴는 돼지고기 김치찌개. 중학교 때 내가 종종 방새벽의 집에 놀러 가면 새벽의 어머니가 만들던 음식이다. 자리에 앉아 수저를 들고 밥을 먹기 시작했다. 포슬포슬한 흰 쌀밥에 따듯한 김치찌개. 몇 년 만에 느껴보는 편안함인지 모르겠다. 새벽의 엄마는 지저분하게 밥을 먹는 새벽에게 휴지를 가져다주며 내게 물었다.

"아까 새벽이가 기타 치는 것 같던데, 여운아. 어땠어? 얘가 갑자기 무슨 바람이 불었는지, 음악을 하겠다는 거 있지? 내가 얘 공부시키려고 쓴 돈이 얼만데 미치겠어, 정말!"

쏟아지는 이야기에 어색하게 웃으며 대답을 고민하는 나를 뒤로하고 새벽이 언성을 높였다.

"엄마! 말했지. 내 인생이라니까? 내가 뭐 하나 이렇게까지 좋아하는 거 본 적 있어? 나 진짜 열심히 할 거야! 그러니까 나 자퇴 좀 시켜 달라고. 진짜 열심히 할 거라니까!"

"알지, 아는데! 걱정돼서 그렇지. 요즘에 음악으로 돈 벌어먹기가 쉬운 줄 알아? 대체 누굴 닮아서 저러나 몰라?"

나는 둘 사이에 끼어, 애꿎은 밥만 씹었다. 다른 친구한테 연락해볼 걸 그랬나. 그러다 문득 아주머니의 모습이 눈에 띄었다. 둘은 연신 다투면서도 다정했다. 높은 공명 사이에서 방새벽 얼굴에 묻은 음식을 떼어주고, 빈 잔에는 물을 채웠다. 나는 비어있는 나의 물컵을 보며 엄마의 얼굴을 떠올렸다.

"아주머니, 새벽이가 음악 한다고 이야기했을 때 실망하시지 않으셨어요?"

뜬금없이 던져진 질문에 새벽과 새벽의 어머니는 놀란 표정이었다. 그러나 새벽의 어머니는 잠시 생각에 잠긴 듯하더니 이어서 말을 꺼냈다.

"음… 처음에는 조금 실망했지. 얘가 중학교 때 공부를 아주 못했던 것도 아니었으니까. 그런데, 얘가 또 자기 음악

하겠다고 저렇게 열심히 하는 모습 보면, 엄마인 입장에서 어떻게 말릴 수 있겠니. 내 아들인데, 응원해줘야지.”

방새벽의 엄마는 말하는 내내 언제 다투었냐는 듯이 새벽이의 볼을 쓰다듬었다. 그리고 이어서 말했다.

“그래도, 자퇴는 안 돼. 내가 그동안 경험한 현실이 있잖니. 물론 얘 인생은 얘가 알아서 살아야 해. 엄마라는 존재는 그냥 너희가 옆에 있을 때 있는 힘껏 너희를 지켜줄 뿐이야. 나중에 잘 살아나갈 수 있게. 그런데, 아줌마가 생각했을 때 음악을 하겠다고 자퇴까지 허락하는 건 나중에 새벽이에게 무책임한 일이 될 수 있어. 그렇지만 아줌마는 진심으로 새벽이나, 여운이나 정말 자기가 하고 싶은 일 찾아서 했으면 좋겠어.”

처음 보는 어른의 모습. 시선 둘 곳을 잃은 내게 새벽의 엄마는 연신 따듯한 목소리다.

“아유, 참 여운이는 중학교 때부터 너무 어른스러웠지.

너무 멋지고 좋지만, 힘들 때는 애다워도 되는 거야. 아직 그래야 하는 나이야."

억울했다. 나는 왜, 무슨 이유로 엄마를 지켜야 했는가. 왜 나를 지켜주는 어른은 없었는가. 나이와 맞지 않은 옷을 입었다고 말해주는 사람이 한 명만이라도 있었다면, 지금보다는 나은 삶을 살 수 있지 않았을까. 나는 아직 식지 않은 김치찌개 앞에서 한참을 울었다. 어쩌면 저 모든 말이, 그동안 내가 엄마에게 듣고 싶은 말이었던 것 같기도 하다. 새벽은 어리둥절 당황한 표정으로 휴지를 내밀었다. 서럽다. 하고 싶은 걸 해도 된다는 걸 난 몰랐다. 지켜달라고 말하고 싶었지만, 그럴 수 없었다. 나는 그 불쌍한 엄마를 내가 지켜야 하는 줄 알았다. 처음으로 느낀 보호받는다는 감각은 내가 기대했던 것보다 더 따듯한 것이었다. 방새벽의 엄마는 빈 물잔에 물을 채웠다.

04.

나는 아침 일찍 새벽의 집을 나와 터미널로 향했다. 간단하게 세수만 하고 나온 탓에 새벽은 아직 깨지 않은 듯했다. 인천으로 가려니 착잡한 마음이 들어 대문 앞에서 한참을 머뭇거리는 중에, 새벽의 엄마가 나를 불렀다.

"여운아!"

"아, 네! 죄송해요. 인사드리고 나오려 했는데, 너무 아침이라……."

"괜찮아."

새벽의 엄마는 오늘도 햇살 같은 미소다. 그러다 새벽의 엄마는 대뜸 나를 붙잡고 안아주며 말했다.

"이 작았던 게 언제 이렇게 컸을까? 너무 대견하네. 인천에서 친구들 없이 혼자 지내는 거 많이 힘들지? 홍천 자주 놀러 와. 아줌마가 맛있는 거 해줄게. 아줌마한테는 어리광부려도 돼. 그리고 이건 용돈으로 쓰고, 너희 어머니께 안부

전해줘.”

아. 울지 않으려고 했는데. 또 속없이 눈물이 새어 나온다. 새벽의 엄마는 한참 동안 내 등을 토닥이며 “꼭, 아줌마한테 연락해.”라며 속삭였다. 새벽의 엄마에게 연신 감사했다고 고개 숙인 뒤 나는 정말 인천으로 향했다. 시각은 오전 열한 시 반. 나는 버스에 올랐다. 인천으로 향하는 버스 밖 풍경은 겨울의 냉소를 닮은 모습이다. 이제, 현실로 돌아올 시간이다. 인천으로 향하는 버스 차창에 기대어, 나는 엄마에 대해 생각했다. 버스터미널 사물함에서 꺼낸 휴대폰 화면에는 수십 통의 부재중 전화가 찍혀 있었다. 발신인, 엄마. 떨리는 손으로 엄마에게 전화를 걸었다. 연결음이 세 번이 채 지나지 않아 엄마는 전화를 받았다.

“야! 너 어디서 뭘 하고 다니는 거야. 너 때문에 지금 엄마 큰일 났어! 어떻게 책임질 건데? 넌 대체 누굴 닮아서 이래? 이거 네가 책임지고 수습해. 딸년 낳아봤자 소용없다니까.

죄송하다고 해야 하는데. 평소라면 그랬을 텐데. 오늘

따라 말이 잘 나오지 않는다. 자꾸 다른 형태의 문장이 목을 타고 넘어온다. 울컥, 울컥.

"내가 뭘 그렇게 잘못했는데?"

"뭐? 그걸 지금 네가 몰라서 이래? 애들이 괴롭히는 거야 좀 참으면 되지 그걸 못 참아서 사람을 찔러? 그래놓고 뭐? 장난하니?"

"내가 누구 때문에 괴롭힘을 당했는데? 엄마는 그깟 팔로워 좀 얻겠다고 SNS에 내 이야기를 팔았어. 그 동정심 동냥 받겠답시고 한 행동들 때문에 내가 학교에서 무슨 일을 당했어야 했는데? 관심이나 가진 적 있어? 엄마가 나한테 어떻게 그렇게 말할 수 있어! 무슨 엄마가 이래? 엄마가 나를 지켜줘야지. 그게 엄마 아니야? 애처럼 굴지 말란 말야!"

"너는 엄마가 어떻게 살았는지 알면서 어떻게 그렇게 말할 수 있어?"

"엄마는 어떻게 끝까지……."

사과라도 해주길 바랐다. 사실, 내가 없어졌던 시간 동안, 나를 걱정하고 있었길 바랐다. 대체 난 누구한테 무슨 기대를 한 건지. 그래, 난 엄마가 어떻게 살아왔는지 너무 잘 알았다. 그래서 내가 엄마의 삶의 보상이길 바라며 노력했던 거다. 그런데, 이제는 그럴 필요 없다는 걸 알아버렸다.

"힘들었으면, 같이 이겨내자고 했어야지. 원망하는 게 아니라 안아달라고 말했어야지. 엄마, 나 이제 찾지 마. 그만하자 우리. 자퇴할게."

나의 첫 반항. 대답은 듣지 않은 채 전화를 끊었다. 잘 지내라는 말도 하지 않았다. 또다시 그녀를 동정하게 될 것 같았다. 다만, 분명한 것은 우리의 사랑이 어긋나 있었다는 것. 이제 내가 해야 할 일은 두 번째 반항, 내가 무엇을 좋아하는지 찾을 차례다. 당장 내게 필요한 것은 용기. 짧게 통화 연결음이 울렸다.

"아주머니, 저 여운인데요……. 저 당분간 신세 좀 질 수 있을까요?"

탐

김아현

아아, 떠오르고 말았다. 이 찝찝한 기분. 더럽고 불쾌하며, 알게 모르게 끈적이는 이 기분 말이다. 커피라도 내오라는 듯 나에게 손짓하는 해원의 손목에서 '계급 1'이라는 글자가 반사광을 일으켰다. 자존심이 뒤틀린다. 아니, 그런 말 하나로는 도저히 설명할 수 없는 분함이 내 온몸을 메우는 느낌이었다. 여사장의 손에 쥐어진 저 '총괄자' 명찰은 해원이 아닌 내가 건네받아야만 했다.

일개 직원을 벗어나 총괄자가 된다는 건 곧 승급을 뜻했다. 어리석은 신의 실수로 4급짜리 떨거지 부모에게서 태어나버린 나에게 더는 없을 인생 탈피의 기회였는데. 평생을 순종적으로 열심히 살아온, 오직 나에게만 주어진 기회였을 텐데. 불과 며칠 전만 해도 늙은 여사장이 거듭 말해온 나의 승급 기회가 모두 물거품이 된 것이다. 매일 포크와 나이프를 들어온 1급짜리 인생은 그저 주어진 대로 가만히 살면 안 되는 건가? 누리기만 하면 될 것을 도대체 왜 하나같이 뭐라도 해보려 애쓰는 것인지……. 지금껏 나와 같이 일해온 사람이라면 나도 입을 놀리지 않을 텐데 오늘 막 신입으로 들어온 해원이 총괄자를 맡는다니. 그저 그의 계급이 1급이라는 이유로 말이다.

나와 해원이 같은 교복을 입고 같은 교실에 있던 그때의 순간들이 드문드문 떠올랐다. 학창 시절 나는 해원을 비롯한 1급과 2급 아이들의 잔심부름을 도맡아 해야 했다. 짚어 말하자면 소위 따돌림과는 다른 개념이었다. 4급의 아이들이 1급의 말을 따르는 게 당연한 이치였을 뿐이다. 하지만 그런 4급들 중에서도 내가 유독 낮은 취급을 당했던 건 사실이다.

당시의 학급에는 따돌림을 당하는 5급의 아이가 있었는데, 간혹 그 아이가 없을 때면 내가 그를 대신해야 했다. 1

급 아이들의 신호가 들리면 부리나케 달려가 춤을 추는 것도, 그들의 다리 사이 바닥을 기는 것도 전부 나였다. 남자아이들만 있는 학교에서 허리를 흔들며 춤을 춘다는 건 웬만한 조롱거리 그 이상이었다. 하지만 그게 나의 몫인 걸 어쩌겠는가. 나는 이 모든 게 괜찮았다. 다른 4급의 아이들과 함께 심부름하는 일도 괜찮았고, 한 아이의 대체로서 따돌림을 당하는 일도 버틸 수 있었다. 그러나 그런 내가 도저히 견딜 수 없던 건 바로 해원의 동정이었다. 1급의 부름에 달려가 유행하는 음악을 손수 틀고 그 앞에서 몸을 흔들 때 해원은 다른 아이들과는 달랐다. 카메라를 들어 춤을 추는 나를 찍지도 않았고, 다른 무언가를 더 요구하는 일도 없었다. 그는 그저 늘 무표정으로 일관할 뿐이었다. 그러고는 방과후에 나를 불러내 눈물을 흘리며 수십 번 사과하곤 했다.

"나도 이러고 싶지 않아. 미안해. 정말 미안해. 다 아버지가 시킨 탓이야. 아버지가 1급 아이들에게 바람을 넣었어. 미안해. 석호 너에게도 다른 아이들에게도 그래선 안 되는 일인데……. 전부 내 잘못이야."

자신이 아버지가 바라는 1급의 모습을 보이지 않아 일이 이렇게 된 것이라는 해원의 말에 나는 도저히 구역질을 참을 수 없었다. 웬만한 또래 남자아이들보다 큰 몸집을 가졌음에도 계집애처럼 달아오른 얼굴을 띠며 울어대는 그가 너무나 보기 싫었다. 나의 안에서 무언가 꿈틀거리며 내 온 장기를 뒤섞는 느낌이었다. 그리고 찬찬히 뜨거워지는 그 감정은 해원을 향한 원망과 들끓는 분노였음을 곧장 깨달았다. 참을 수 없었다. 내가 그였다면 1급으로서 할 수 있는 모든 걸 이용하고 또 이용했을 텐데, 아버지가 그토록 바란다는 1급의 모습이 어떻다고 나를 이리 비참하게 하는 것인지. 그런 해원의 사과는 내게 부질없었고 아버지의 이야기는 더욱이 그랬다. 그간 당연한 이치라 여기며 받아들였던 것들이 해원의 말을 통해 감출 수 없는 악감정으로 내 안에 쌓여갔다. 처음으로, 1급에 대한 욕심이 생겼다. 4급에서 3급, 3급에서 2급. 하나둘 황금알을 손에 넣고 싶다는 욕망은 그에 그치지 않아, 거위의 배를 가르다 못해 그마저도 으깨버리고 싶다는 생각이 자꾸만 나를 자극했다.

하지만 그만한 나의 욕구에 보답하는 일이라곤 졸업 후 겨우 취직하게 된 실내 수영장 하나가 전부였다. 그리고 나의 첫 황금알. 3급으로 승급할 기회는 꼬박 16년 만에 나에게 찾아왔다. 여사장이 나를 총괄자로 임명한다면 나의 계급은 상승할 수 있던 것이다. 그러나 이 수영장의 모든 물을 끌어오는 그 중간엔 해원의 아버지가 자리 잡고 있다는데 4급인 내가 무얼 어쩌겠는가. 정수 사업을 하는 해원의 아버지를 찾아가 왜 하필 이 수영장이냐며 따질 수도 없는 노릇이었다. 그런 생각으로 분함을 억누르며 나는 기어코 황금알을 잊는 수밖에 없었다.

해원이 수영장의 총괄자로 자리매김한 지 일주일도 채 되지 않아 그는 나를 시험하는 듯 나에게 총괄자의 직무를 넘겼다. 말 그대로, 오로지 직무만을 넘겼다. 그는 자신의 아버지가 바란다던 1급으로서의 모습에 완전히 적응한 듯한 모습이었다. 여느 1급과 다르지 않게 밑으로 일을 넘기곤 적당히 시간을 채우다 나가기 일쑤였다. 해원은 자신이 총괄자로서 해야 하는 일이 무엇인지 잘 모르겠으니 당분간만 부탁한다는 말로 일관했고, 나는 또다시 그걸 행하는 수밖에 없었다. 그런 그의 태도에 직원 모두는 불만을 품었다. 여사장도 이 사실을 모르진 않았으나 그녀 역시 2급이라는 보다 낮은 위치에 속해 있어 무언가 손 쓸 도리는 없었다.

수영장의 수질을 점검하기 위해 여사장은 주기적으로 나를 찾았다. 원래대로라면 총괄자인 해원과 내가 함께 해야 할 일이었지만 해원은 나에게 일을 넘겼으니 수질 점검에 손 쓸 인력은 나와 여사장, 그 외 셋의 직원이 전부였다. 그중에도 직원 하나는 해원과 함께 들어온 신입이었고 나머지 둘은 여사장의 신임을 통 받지 못했기에, 그들에게 지시하느니 차라리 직접 나서겠다는 그녀를 돕는 건 내가 최선이었다.

이날도 어김없이 호출받은 나는 수조실로 향했다. 아직 고객을 받기 전, 중심 수영장을 가로질러 가는 나는 문득 주변을 둘러보았다. 너른 바다를 축소해 놓았다는 이 수영장의 광고 문구에 부끄럽지 않게, 온 바닥에는 인조의 고운 플라스틱 모래가 일었고 천장의 스피커를 통해 두 귓바퀴로 울리는 파도 소리는 생생했다. 설정된 높이대로 철썩이는 파도가 벽에 닿아 부서지고, 그런 벽에는 누가 그린 것인지 낙원과 같은 하늘 그림이 펼쳐져 있었으며, 살갗에 닿는 미지근한 온도는 항상 같게 유지되어 안정감을 주었다. 늙은 여사장에게 유일하게 부러운 점이 있다면 바로 이 수영장을 꼽을 수 있을 만큼 언제 보아도 정말 황홀한 풍경이었다.

그런 수영장에 대해 당장 찬가라도 써내고 싶은 심정이라며 홀로 생각을 다듬다 보니 어느새 나는 수조실의 문 앞에 도착해 있었다. 문을 열고 들어가자 여사장은 사장실과 이어진 복도로 진작부터 와 있었는지 이미 작업을 하던 중이었다. 그녀는 수조의 밑바닥과 곧장 이어진, 성인 남자의 주먹 한 개는 족히 들어갈 크기의 파이프에서 검사용 물을 일정량 빨아들이고 있었다. 실제 심해의 바닷물을 길어 와 저장하는 수영장이니 다른 무엇보다 수조실에 저장된 바닷물 관리에 힘써야 한다는 사실을 익히 알고 있던 나는 그녀를 도와 최선을 다했다. 여사장의 신호에 맞추어 파이프의 흡입기를 작동시키고, 그렇게 받아낸 바닷물을 측정기에 넣어 확인하길 반복했다.

그리고 여섯 번째, 일곱 번째 수조를 지나 마지막 수조를 검사하려던 그때, 문제가 생겼다. 검사용 물을 빨아내야 하는 파이프의 장치가 고장이 난 것이다. 하지만 나는 당장 그것에 손을 댈 수 없는 상황이었다. 매번 스위치를 켜고 끄거나 추출한 물을 확인하는 일이 전부였을 뿐, 장치를 직접 건드려 본 적은 단 한 번도 없었기 때문이다. 우리는 짧은 상의 끝에 결국 원래 이 장치를 다루었던 여사장이 수조 안으로 들어가 문제를 확인해 보기로 했다. 아직 원인을 알지 못하기에 그녀는 별다른 기구 없이 맨몸으로 수조 속에 잠수했다. 그녀는 몇 초간 파이프의 장치를 만져보다 수면으로 올라와 숨을 골랐고, 이내 다시 내려가 또 그것을 만졌다.

그렇게 왕복하기를 대여섯 번, 나는 그녀가 그다지 장치 수리에 도움이 되는 것 같진 않아 다른 수를 고민하던 참이었다. 갑작스레 파이프의 흡입기는 거대한 소음을 내며 작동하기 시작했다. 그 소음에 놀란 나는 순간적으로 두 귀를 막았다. 그리고 잠시 후, 막은 두 손을 내리자 나는 비로소 알 수 있었다. 여사장이 수조 안에 들어간 지 몇 분째 그곳에서 나오지 않고 있다는 것을.

불안한 마음을 애써 누른 채 나는 조심히 수조 안을 들여다보았다. 뿌연 바닷물 저 밑으로 무언가 축 늘어진 채 일렁이는 것이 보였다. 두 팔, 머리, 가슴과 배, 그리고 하나의 다리가 물속 깊은 곳에 있었다. 그 광경을 본 직후 나는 제자리에 주저앉아 버렸다. 그 바람에 수조는 아주 조금 흔들렸고, 큰 덩어리를 품은 물은 얕게 물결쳤다. 사뭇 충격적인 탓에 나에게는 손발이 떨리는 징후가 생겼으며, 몰려오는 토악

질을 참을 수 없었다. 숨이 코 밑까지 막혀오던 중, 이내 나의 목 위로는 전부 그녀를 꺼내야 한다는 생각이 메웠다. 신고부터 해야 하나? 아니, 그 이전에 아직 살아있을지 모르니 직접 끌어내야 할까……. 머리가 터질 것만 같았다. 그래도 나는 기필코 정신을 차려야만 했고, 마침내 수조 속으로 몸을 담글 수 있었다. 흐린 눈앞을 휘저으며 내려가자 여사장의 머리카락이 보였다. 그녀를 꺼내기 위해 양쪽 어깨를 감싸 안았다. 그러나 그 순간, 나는 금방 행동을 멈출 수밖에 없었다. 어쩌면 행동하지 못했다는 말이 더 어울릴지 모른다. 여사장의 왼쪽 다리가 파이프 속으로 꽉 끼어있었기 때문이다. 구멍의 벽면에 짓눌린 허벅지 살에선 검붉은 액체가 퍼진 지 오래였고, 내가 조금의 힘을 가하자 그 다리는 곧 끊어질 것만 같았다. 나는 하는 수 없이 그녀를 놓은 채 수면 위로 올라왔다. 하지만 내 힘만으론 도저히 그녀를 꺼낼 수 없다는 사실에 좌절감으로 휩싸임도 잠시, 뜻밖의 생각이 순식간에 나의 머리를 꿰뚫었다. 허옇게 퍼진 액체 사이로 유일하게 빛이 나던 것. 나의 힘에 그녀의 다리가 찢기는 순간에도 반짝임을 멈추지 않았던 '계급 2'의 계급 기가 머릿속에서 잊히지 않았다. 나는 다시 그녀에게로 다가갔다.

*

아, 어쩐지 가벼운 느낌이다. 내 손목에 박힌 계급기가 유독 광을 내니 무척이나 들뜨는 마음에 홀가분한 듯하다. 손목에 박힌 병뚜껑 크기의 인생이 살짝 손만 대도 이렇게 쉽게 빠질 것이었다면 진작 빼앗아볼 걸. 이제 '사'라는 숫자는 나의 어디에도 머물지 않는다. 나는 '이'인 것이다. 둥글고, 동시에 반듯한 숫자. 내 손목에 달린 여사장의 계급 기 하나만으로 나의 황금알은 제 주인을 찾은 것이다.

나는 곧장 2급 지역으로 향했다. 2급 지역의 경계에 다다라 자랑스레 나의 손목을 보여주니 내 앞을 가로막던 두꺼운 문은 부드럽게 나를 맞았다. 금방이라도 쓰러질 듯 눈앞이 흐린 기쁨에 눈물이 흘렀다. 나는 온 도시를 누비고 다녔다. 유년 시절부터 입어오던 나의 재킷과는 차원이 다른 감촉의 옷들이 줄 서 있었고, 곳곳에서 풍기는 먹음직스러운 냄새가 코끝을 자극했다. 내 손목의 이것만 있으면 이 안의 무엇이든 살 수 있었고 누구든 다룰 수 있었다. 나는 그 모든 것을 찬찬히 즐기리라 마음먹었다.

우선 다른 고민은 할 것도 없이 눈앞에 보이는 남성 의

류점에 들어갔다. 그다지 옷이 탐났던 것은 아니지만, 의류점 외관의 고급스러운 분위기가 날 이끌었다. 유리문을 밀고 들어서자 일렬로 선 직원들이 고개를 숙이며 맞이했다. 그중 언뜻 보아도 키가 190은 족히 넘어 보이는 남자 하나가 나에게 다가와 말을 걸었다. 손목에 '계급 3'이라는 글자를 지닌 그는 상당히 오래 이 일을 해온 듯, 거슬림 없이 적당히 정중하고 친절한 어투였다. 하지만 나를 훑어보는 그의 시선 단 몇 초에서 느낄 수 있었다. 나의 낡은 옷에서도, 어색한 행동에서도 '계급 4'의 냄새가 묻어났다는 걸 말이다. 그는 약간의 의심 또한 품은 듯했다. 모든 게 느껴진 그 찰나의 순간을 견디지 못한 나는 직원에게 답했다.

"당신이 이곳에서 일하며 만져본 모든 옷을 살게요. 그리고, 이리 와서 엎드려 볼래요? 전부 입어보려면 오래 걸릴 것 같은데, 다리가 좀 아파서요."

나는 마네킹에 전시된 모든 옷을 전부 사들였다. 그중 밤색의 셔츠 하나는 즉시 입어보기도 했다. 2미터짜리 전신 거울 뒤로 비추어진 그 직원의 표정이 어찌나 웃기던지, 하마터면 배를 잡고 웃다가 이 셔츠가 한껏 구겨질 뻔했다.

전과 달리 멀끔해진 나의 모습에 어딘가 어색하고 간지러운 기분이었다. 어쩐지 행동도 조심스러워지는 느낌이었지만 그것을 애써 숨기며 문턱을 넘었다. 묵직한 쇼핑백을 양손 가득 든 나는 그 이후로도 각종 부류를 불문하고 하나하나 즐기는 데 모든 시간을 소비했다. 도로 한편에는 건물을 재건축하는 5급의 이들이 보였고, 길에는 곳곳에 배치된 4급의 경호인, 안내원들이 보였다. 그저 신기할 따름이었다.

식당이나 의류점에서만 시간을 보낼 뿐 아니라 2급 지역 전부를 구경하다 보니 어느덧 해는 저문 지 오래였다. 나는 4급의 집으로 돌아가고 싶지 않았다. 그런 이유로 여사장의 집을 이용하려 했는데, 나로서는 그 위치를 알 턱이 없었다. 결국 길가의 안내원에게 도움을 요청할 수밖에 없었다. 4급의 안내원은 손바닥만 한 기계 하나를 주머니에서 꺼내 나의 손목에 문댔다. 보통 자신이 사는 집을 묻진 않을 테니 안내원이 내게 이상함을 느끼더라도 어쩔 수 없다고 생각했다. 이후 안내원은 주소를 읽어주며 자신의 직접적인 안내가 필요하냐 물었지만 나는 이를 거절했다. 내가 그를 지나치게 경계한 탓인지도 모른다. 어찌 됐든, 도보로 10분이 걸려 도착한 여사장의 집은 이제 내 것이었다. 4급의 집보다 못 해도 세 배는 더 커 보이는 아파트였다. 나는 그곳에 들어서자마자 입었던 옷을 대충 벗어두고 묵직한 쇼핑백들은 바닥에 제쳐둔 채 곧장 소파에 누워 텔레비전을 틀었다. 간만에 영화라도 볼 참이었다. 텔레비전이 켜지는 것을 기다리며 잠시 눈으로 둘러본 집은 온 벽이 민무늬의 깨끗한 흰색으로 도배되어 있었고, 넓은 공간에 반해 가구들은 몇 없어서 더욱 허전하고 광대해 보였다. 텔레비전에선 뉴스가 나오고 있었다. 마침 진행되고 있던 뉴스의 상단 제목을 읽은 나는 흠칫 놀랄 수밖에 없었다.

'L 수영장에서 1급들의 대거 감염증 사고, 출처는 물?'

그 순간 불안감에 휩싸였다. 미처 수조에서 빼내지 못한 여사장과 잠그지 않은 파이프의 장치가 떠올랐다. 설마, 아직 하루도 채 지나지 않았는데 그렇게나 빨리 부패한다는 것이 가당키나 한 말인가. 밤 9시가 넘어가는 시간이라 수영장은 진작 문을 닫았을 것이다. 사장이 없다는 사실에 내가 안일했다. 2급 지역을 누비는 것은 둘째고, 수영장을 끝까지

지켰어야 했다.

다음날이 되어서야 나는 수영장을 직접 확인할 수 있었다. 고객의 출입을 막는다는 표시를 확인한 후 관계자용 출입구를 통해 수영장 내부로 들어갔다. 직원 셋과 해원은 모두 직원 휴게실에 모여 앉아 있었다. 무슨 일이 있던 것이냐는 나의 물음에 신입 직원 하나가 답했다.

“어제 오전에 사장님과 석호 씨 두 분이 수질 확인하셨죠? 수조실에 들어간 이후로 꽤 오래 나오지 않으시길래 영업시간 맞춰서 그냥 저희끼리 고객들을 들여보냈어요. 그런데 수영장을 연 지 한 시간쯤 되었을 때인가? 단골 한 분이 양팔을 막 긁으며 오시더라고요. 어찌나 긁어대는지, 뚝 뚝 떨어진 피 때문에 그 밑의 모래가 다 물들었어요. 그 고객만이 아니에요. 갑자기 구토하거나 급기야는 쓰러지는 고객도 있었어요. 도대체 이게 무슨 일이래요. 내일은 국과수에서 나온다고 하질 않나.”

다행이었다. 한 시간, 길어야 두 시간으로 어림잡아도

그 시간 동안 물속에서 시체가 모조리 썩어버리는 일은 결단코 없었을 것이기 때문이다. 직원들은 사장이 죽었다는 사실을 모르는 눈치였고, 그것이 어떻든 지금 이곳을 실질적으로 총괄하는 사람은 나이기에 최대한 이성적으로 행동하고자 노력했다.

"어제의 수질 점검은 제가 마무리했습니다. 사장님께서 사정이 있다고 당분간 못 나오신다더군요. 수조실은 제가 한 번 더 확인해 보겠습니다. 수영장의 물에 노출되면 저희도 어떻게 될지 모르니 다들 조심해주세요. 아, 그리고 해원 씨는…."

"저는 잠깐 석호 씨랑 이야기하고 싶네요."

해원은 나의 말을 자르곤 대뜸 대화를 요청했다. 갑작스러운 그의 행동에 나는 잠시 당황했지만, 그의 앞에선 어느 허점도 보이고 싶지 않았기에 애써 표정을 숨겨보았다. 그의 돌발적인 행동이 조금도 놀랍지 않다는 듯 나는 흔쾌히 그의 요청에 응했다.

하지만 조금은 당혹감을 내색해도 좋지 않았을까. 나를

따로 불러낸 해원의 첫마디에 나의 능청은 실패했다.

"나 어제 2급 지역에서 널 본 것 같은데."

누군가가 나를 본다는 건 예상치 못한 일이었다. 나를 알 만 한 사람들은 전부 4급이나 5급이니 조심할 것도 없었다. 1급의 해원이 2급 지역을 드나들 수 있다는 당연한 사실을 나는 미처 생각하지 못하고 그렇게나 활개 친 것이다. 해원은 안내원에게 길을 묻는 나를 보았다고 했다. 나는 여사장의 부탁을 받아 잠시 계급기를 빌려 다녀온 거라는 적당한 이유를 급조해 둘러대기 바빴고, 그런 내 대답에 그는 그렇구나-하며 슬며시 웃는 게 전부였다. 풀어진 분위기를 보니 상황을 무사히 모면한 것 같아 안심했지만 그대로 쭉 해원을 마주했다간 나의 말실수나 어색한 표정으로 모든 사실이 들통날 게 뻔했다. 그래서 나는 혹시 해원이 다른 말을 덧붙일라, 서둘러 수조실을 확인하러 가야 한다는 핑계를 댔다. 해원은 뒤돌려는 나의 손목을 낚아채고선 한 가지 물음을 이었다.

"다른 건 아니고, 여기 처음 온 날에 사장실에 뭘 두고 온 거 같아서. 원래는 네가 총괄자였을 테니 묻는 거야. 스페어키 없어?"

그런 게 있을 리 있나, 사장실인데. 그리고 총괄자는 너잖아. 라는 내 까칠한 대답이 듣고 싶었던 건지, 해원은 알겠다는 대답을 끝으로 순순히 물러갔다. 그와의 대화 이후 어딘가 찝찝한 느낌이었지만 당장 중요한 건 그게 아니었다. 서둘러 시체를 회수하고 처리하는 것. 오로지 그것만이 요점이었다. 파이프에 끼어버린 다리와 몸뚱어리를 분리한다면 신장 160 남짓의 여자 하나 따위는 어떻게든 꺼낼 수 있었다. 그러나 진짜 문제는 그 이후였다. 꺼낸 시체를 어떻게 처리해야 할지, 그보다 막막한 것은 없었다.

수조실에 도착한 나는 가장 먼저 공구를 찾아보았다. 그러나 주변에 보이는 것이라곤 주머니용 잭나이프 하나가 전부였다. 한 손에 들어오는 크기이기에 잠수하는 동안엔 오히려 편리할 테지만, 그것 하나로 물속에서 사람의 다리를 잘라낸다는 건 불가능한 일이었다. 혹시 모를 감염에 대비하기 위해 어젯밤 일회용 방역복을 샀었는데, 그때 뭐라도 사둘 걸 하는 생각이 들었다. 하는 수 없이 나는 방역복과 수중 마스크를 착용한 채 잭나이프 하나만을 들고 잠수를 시도했다.

물속에서 눈을 뜬 순간, 나는 충격에 눈앞이 흐려지는 기분이었다. 어떻게 된 일인지, 수조 안에 있는 것이라곤 오로지 뿌연 바닷물이 전부였다. 여사장의 머리카락 단 한 올도 찾아볼 수 없었다. 절대 그럴 리 없었다. 그래서는 안 되는 일이었다. 누군가 발견한 것인가? 여사장이 살아있었나? 아니, 그녀가 살아있었다는 건 불가능했다. 내가 그녀의 손목에서 계급기를 떼어내며 지속된 십여 분의 시간 동안 그녀는 약간의 움직임도 없었다. 그러니 그녀가 살아있을 리는 만무했다. 그렇다면 정말 누군가 여사장의 시체를 꺼내 간 것인가? 온 힘을 다해 부정하고 싶지만, 그것 말고는 이 일을 설명할 방법이 없었다. 모든 게 끔찍하고 절망스러웠다. 나에게 희망이라곤 없는 듯했다. 내 품에 굴러들어온 황금알은 결국 썩어 문드러지고 만 것이다. 여사장의 시체가 누구의 손에 있든 이제 그건 아무래도 상관없었다. 그녀의 손목에 있는 '계급 4'의 계급기에는 나의 모든 신상이 박혀 있을 테니 말이다.

그때, 누군가가 나에게 타월 하나를 건넸다. 뒤를 도니 그곳에 있던 건 다름 아닌 해원이었다. 여기서 그렇게 차려입고 뭐하냐는 말과 함께 또다시 옅게 웃는 그를 보자 나는 단숨에 알 수 있었다.

"네가 가져갔구나?"

*

다음날 수영장엔 국과수와 질병관리청에서 나온 이들이 들이닥쳤다. 무언가 분주하게 움직이는 그들의 손목에는 '계급 2'라는 글자가 박혀 있었다. 직원 중 하나가 그들이 무엇을 하는지 궁금해하며 접근하자, 그들은 일시적으로 출입을 제한한다는 사무적인 말을 뱉었다. 결국 나와 직원들은 먼발치에서 지켜볼 수밖에 없었다. 이런 걸 직접 겪다니 신기하다며 자기들끼리 쑥덕대는 직원들의 소리는 내게 전부 들려왔고, 그건 꽤 거슬리는 일이었다.

"드라마에서나 보던 걸 이렇게 볼 줄이야. 그나저나, 걔네 2급이었어? 세상 고고한 척 딱 잘라 말하더니 꼭대기도 아니었구나?"

"고고한 척하는 건 한해원 말고 누가 더 있냐. 자기 아빠 믿고 그렇게 나대는데."

그 사이에서 마땅히 내가 할 말은 없었다. 해원을 향해 느끼는 이 어설픈 애증 탓에 난 어쩔 줄 몰랐다. 그저 수영장이 뒤적여지는 모습을 보기만 할 따름이었다. 그리고 수사원들이 수조실로 향하는 것을 바라볼 땐 어쩐지 후련한 마음이 들어 스스로 놀라기도 했다.

자신이 여사장의 시체를 가져갔다고 덤덤히 말하던 해원은 이날, 수영장에 나오지 않았다. 이날만이 아니라 그 후로 쭉 그를 볼 수 없었다. 그러나 어째선지 나는 여사장의 시체가 해원의 손에 있다는 게 두렵지 않았다. 그가 신고하지 않을 거라는 확신 때문인지는 나조차도 알 수 없었다.

그로부터 며칠 후, 여사장의 집에서 아침을 먹던 때였다. 휴대전화를 확인하자 어젯밤, 기관으로부터 수영장 물의

독성을 밝혀냈다는 연락이 와 있었다. 독성의 원인은 다름 아닌 석유라는 내용이었다. 뜬금없는 석유의 언급에 나는 잠시 의아함이 들었으나 이내 사실을 알 수 있었다. 수영장에서 사용할 바닷물을 길어올 때 여사장의 수영장은 해원의 아버지가 운영하는 정수 공장을 통했었고, 이때 정수의 몇 가지 과정이 생략되며 생긴 문제라는 것이다. 결국 이 사실이 알려지게 된다면 해원과 그의 아버지에게는 큰 타격이 될 것이 분명했다.

언젠가 나는 해원에게 복수를 꿈꾼 적이 있다. 그러나 막상 그의 행적을 찾을 수 없게 되니 느껴지는 알 수 없는 공허함에 수저를 내려놓게 되었다. 나는 아침으로 먹던 수프를 싱크대에 쏟아부었다. 허여멀건 수프는 고소한 향을 풍기며 저 싱크대의 구멍 안으로 빨려가듯 흘러내렸다. 노란 국그릇에 수돗물을 받아두고 수저를 그 안에 담갔다. 그리곤 소파에 자리를 잡아 앉으니 온 몸체가 녹아내리듯 풀리며 간만의 여유를 느낄 수 있었다. 나는 소파의 끝에 걸쳐진 텔레비전의 리모컨을 가져오기 위해 몸을 기울였다. 손끝에 닿은 리모컨을 낚아채 텔레비전을 켜자 아침 뉴스를 진행하는 아나운서의 목소리가 들렸다. 'L 수영장의 충격 진실'이라는 제

목이 나를 멈칫하게 했다. 씁쓸하지만, 해원의 얼굴을 이렇게라도 볼 수 있는 건가-라는 장난 어린 생각으로 그 뉴스를 쭉 틀어 두었다. 그러나 고대와는 달리 그 화면 속 모자이크된 얼굴은 해원도 그의 아버지도 아닌, 바로 나였다. 어젯밤와 있던 수질 조사의 결과는 흔적도 찾아볼 수 없는, 전혀 다른 뉴스였다.

“L 수영장의 소유주 A씨가 사망했다는 소식입니다. 수영장의 총괄자인 이 모 씨가 해당 사건의 배후에 있었다는 사실이 확인돼 충격을 안기고 있습니다. 검찰은 이 모 씨를….”

뉴스 속의 나는 수영장의 총괄자로서 다른 직원들을 통해 살해 사실을 숨겨온 범죄자가 되어 있었다. 혼란스러웠다. 살해는 아니지만, 사망을 은폐한 것은 사실이니 어쩌면 이게 옳은 일이라는 생각도 잠시, 해원에 대한 분노가 들끓었다. 그가 시체를 가져간 지 며칠이나 지난 이 시점에 사실이 한껏 부풀려져 뉴스를 타고 있다니……. 나는 쥐고 있던 리모컨을 텔레비전의 화면을 향해 던졌다. 그걸로도 분이 풀리지 않아, 쓰러진 텔레비전을 있는 힘껏 내리쳤다. 양손의 주먹에선 베인 상처로 피가 흘렀고 텔레비전은 나뒹굴어져 완전히 부서져 버렸다. 이러려고 시체를 가지고 있음에도 가만히 있었던 건가? 감정은 도저히 사그라들지 않았다. 주체되지 않는 기분을 헐떡이는 숨으로 다루던 그 순간, 거세게 문을 두드리는 소리가 들려왔다. 나는 단번에 그들이 누구인지 알 수 있었다. 문을 연 그곳에는 나의 예상과 다를 바 없이, 꼿꼿이 선 경찰들이 있었다. 그러나 그들의 뒤에 있는 인물은 뜻밖이었다. 흉악한 표정의 경찰들 사이에서 수영장의 직원 하나가 홀로 눈물을 훔치고 있었다.

나의 두 팔이 경찰들의 손에 짓이겨질 때도 그 직원은 울음을 그칠 줄 몰랐다. 그가 무슨 이유로 우는 것인지 나는 도저히 알 수 없었다. '사장님은 좋은 곳으로 가셨을 거예요-'라는 한 경찰의 말에 끄덕이는 그가 얼핏 보였고, 이내 더는 울지 않겠다는 듯 자기 눈언저리를 쓸어내리는 그 직원의 손목에선 유달리 밝은 빛이 났다. 마치 해원의 손목에서 보았던 것처럼.

직원의 손목에서 반짝이는 '계급 1'의 반사광이 내 눈을 어지럽혔다.

*

두 손이 묶인 채 바라보는 승용차 뒷좌석의 풍경은 뭐랄까, 정적이었다. 5급으로 살아가는 앞으로의 세상은 어떨지, 그에 수긍한 나의 부푼 기대감 때문일까. 혹은, 여전히 눈앞에 아른거리는 그 어느 빛 때문일까. 나는 알지 못했다.

증오하는 너를 사랑하는 법

최윤영

아침마다 마주하는 아빠의 얼굴에는 늘 비애가 서려 있었다. 엄마가 죽고 난 뒤 5년이라는 시간이 흘렀으나 과거는 여전히 아빠를 사로잡고 있었다. 이 모든 건 로봇 때문이겠지. 아빠가 말하지 않아도 우리 가족의 행복이 없어진 게 로봇 때문이라는 것을 알고 있다. 확실하게 알 수는 없었지만, 엄마가 죽은 그날 덜덜 떨리는 목소리로 전화하던 아빠의 입에서 로봇이라는 단어가 선명하게 들려왔기에 확신할 수밖에 없었다. 증오스럽기 짝이 없는 로봇.

나는 울렁이는 마음을 애써 외면한 채로 씩씩하게 현관으로 향했다. 매일 신어 약간 닳아버린 운동화를 꺼내 신곤

신발장 문을 닫기 위해 숙였던 고개를 들었다. 익숙한 사진 한 장이 보였다. 엄마와 아빠 그리고 낯선 남자 한 명이 눈에 들어왔다. 나는 부모님과 꽤 친해 보이는 그가 누구인지 궁금하기는 했으나 굳이 알아내려 하지 않았다. 아빠는 그가 엄마의 마지막을 지켜준 사람이라고 했는데 그 말을 하는 아빠의 표정을 본 뒤로는 더는 아무것도 물을 수가 없었다. 머리가 지끈거렸다. 지금 나는 그저 도어록의 잠금 해제 버튼을 누르며 들리는 띠리링 소리에 맞춰 밖으로 걸음 할 뿐이었다.

텅 빈 교실에 도착해 공부를 시작한 지 얼마나 되었을까. 적막은 거짓말처럼 사라졌다. 조회를 알리는 종이 치고, 드르륵 소리를 내며 교실 앞문이 열렸다. 담임선생님 뒤로 웬 남자애 한 명이 따라 들어왔다. 그는 뚜렷한 이목구비에 날렵한 턱선을 가지고 있었다. 적당히 마른 몸과 큰 키가 이목을 끌었다. 검은색의 긴 머리카락은 자칫 촌스러워 보일 수 있었으나 오히려 매력을 더했다. 결점이라고는 없어 보이는 아이였다.

"오늘은 우리 반에 전학생이 왔어요."

선생님의 말을 끝으로 그 남자애가 입을 열었다.

“안녕. 나는 차수호라고 해. 잘 지내보자.”

아이들이 크게 술렁였다. 마침 나의 옆자리가 비어있던 탓에 차수호와 나는 자연스럽게 짝꿍이 되었다. 나는 짐을 정리하고 있는 그를 힐끔 쳐다보다가 말을 건넸다.

“안녕. 난 유설이고, 반장이야! 모르는 거 있으면 물어봐도 돼.”

“그래, 잘 부탁해.”

1교시는 체육이었다. 농구 수업이 진행되었는데 차수호는 그야말로 군계일학이었다. 손에 들린 농구공을 능숙하게 몇 번 튀겨 보던 그는 선생님이 보여주는 시범 동작을 곧잘 따라 했다. 농구에는 문외한인 나였지만 그의 농구 실력이 대단하다는 건 알 수 있었다. 연습이 끝난 후에는 경기 시간을 가졌다. 오늘은 남자애들이 경기를 하는 날이었다. 팀을 정한 아이들이 하나둘 자리를 잡자, 휘슬이 울리며, 농구 경기가 시작되었다. 공의 주인이 빠른 속도로 바뀌던 찰나 차수호가 공을 잡았다. 상대편의 남자애들이 차수호를 막아섰지만, 그는 연연하지 않았다. 오히려 현란한 스텝을 밟으며 골대를 향해 나아갔다. 그러자 상대편의 모든 아이들이 차수호의 주변을 둘러싸며 과격하게 몸을 밀어붙였고, 결국 농구공은 차수호의 손을 빠져나갔다. 상대편의 남자애들 중 한 명은 그런 차수호를 보고 킥킥 웃어대더니 툭 말을 내뱉었다.

"잘난 체 좀 더 해보지 그러냐? 너 여자애들 관심받으면 좋아 죽잖아."

차수호는 입을 달싹이다가 작게 한숨을 쉬었다. 무시하고 넘어가려는 듯했다. 저렇게 넘어가면 계속할 텐데. 나는 문득 이런 생각이 들어 아무 말 않고 가만히 있는 차수호의 옆으로 다가가 그를 대신하여 한 소리를 해주었다.

"야! 오늘 전학 온 애한테 그러니까 좋냐? 그리고 수호 에이스 맞잖아. 너는 너 한 명으로는 수호를 못 막으니까 찌

질하게 다 같이 달려들었으면서."

차수호는 놀랐는지 나를 쳐다보았고 나는 그냥 싱긋 웃어주었다. 상대편 남자애는 말문이 막혔는지 씩씩거리다가 이내 자리를 피했다.

농구 수업을 마치고 남는 시간에는 피구를 했다. 남자애들은 여전히 수호만을 노렸다. 그러나 차수호는 상대편이 공을 던지는 족족 피하며 살아남았다. 차수호, 농구만 잘하는 게 아니었구나. 나는 어쩐지 통쾌한 기분이 들었다. 그러다 경기 시간이 끝나갈 때쯤, 남자애 한 명이 삐끗하면서 공이 내 쪽을 향해 날아왔다. 피할 수 없을 정도로 빠른 속도였다. 그 순간, 드라마처럼 차수호가 공을 막아주며 대신 아웃을 당했다. 나는 그런 차수호에 괜히 설레는 마음을 숨기려 입을 삐죽였다. 고맙다고 얘기해야지. 체육 시간이 끝나고 나는 곧장 그에게 다가가 말했다.

"차수호! 공 막아줘서 고마워."

"아니야. 나야말로 고마워. 아까 나 대신 한 마디 해줬잖아."

나는 서로 고맙다고 하는 상황에 절로 웃음이 나왔다. 전학생과 좋은 친구가 될 수 있겠다고 생각했다. 우리는 그 뒤로도 쉬는 시간마다 이야기를 나눴다. 점심시간에는 같이 급식을 먹으면서 그와 꽤 친해졌다는 느낌을 받았다. 그러다 나는 마지막 교시가 되어서야 그가 왜 전학을 오게 되었는지 궁금해졌는데, 궁금한 걸 참지 못하는 성격이었기 때문에 바로 수호에게 물어보았다.

"차수호, 너는 왜 전학을 오게 된 거야?"

"음, 닮고 싶은 사람이 이곳 사람이었다고 해서, 여기는 어떤 곳일까 궁금해서 왔어."

나는 고개를 끄덕이다 그 사람이 누구냐고 물어보려 했지만, 종이 쳐버리는 바람에 물을 수가 없었다. 종례 시간이었다. 차수호와 함께해서인지 하루가 더욱 빨리 지나간 것 같았다. 담임 선생님이 들어와 종례하며 나에게 말했다.

"설아. 내일 있을 로스티 견학에서는 반장인 설이가 수호와 짝이 되어줘. 알겠지?"

"네. 선생님."

"이번 견학은 짝끼리 이동하는 만큼 주의 사항 잊지 말고. 해가 지기 전에는 귀가해야 해. 간혹 불량 로봇이 나타나는 경우도 있다고 하니까."

로봇 자치구 견학이라니. 벌써 최악이었다. 로스티는 로봇 자치구로 다양한 로봇들이 거주하고 있는데 지금의 로봇들은 대부분 인공지능을 넘어 자신만의 지능을 가지기 시작했다. 인간과 로봇의 경계가 옅어졌다 보니 인간 행세를 하는 로봇도 생겨났다고. 이런 지식을 떠올리다 보니 집으로 향하면서도, 침대에 누워 잠을 기다리면서도 불안해 견딜 수가 없었다. 그리고 결국 그날 밤, 복잡한 마음에 한숨도 자지 못했다.

견학실습의 날이 밝고, 나는 무거운 몸을 이끌어 터미널로 향했다. 사방에 로봇이 천지인 곳을 제 발로 가는 날이 오다니. 짜증이 났다. 하지만 여기까지 와서 무를 수는 없었기 때문에 게이트를 향해 걸었다. 게이트에 들어서자 우리 반 아이들이 나를 반겨주었다. 차수호도 나를 발견하곤 손을 흔들었다. 대기를 하며 학교에서 미리 나눠준 개인 카드키를 꺼내 들던 중에 훌쩍 우리 조의 순서가 왔다. 나와 차수호는 직원의 안내를 받아 카드키를 찍고, 둥그런 캡슐에 올라탔다. 나는 천천히 심호흡을 했다. 앞으로 10분이면, 로스티에 도착할 것이다. 앞 유리창을 통해 직원의 출발 신호를 확인한 우리는 고개를 끄덕였다. 일. 이. 삼. 짧은 시간이 흐르고, 캡슐의 제어장치가 가동되는 소리가 들렸다. 캡슐이 빠른 속도로 이동하는 소리가 들렸다. 어느덧 캡슐 내 미세한 진동이 멎는 것이 느껴졌다. 감고 있던 눈을 조심스레 떴다. 가장 먼저 시야에 들어온 것은 로봇, 로봇이었다. 인간과 똑같은 모습을 한 로봇이 있는 반면 아예 깡통 같은 모습을 하고 있는 로봇도 있었다. 그것들을 시야에 담고 있으니 캡슐의 문이 자동으로 열렸다. 나는 떨리는 마음으로 캡슐에서 내렸다.

터미널에는 로봇이 가득했다. 팔이 네 개인 식당의 서빙 로봇, 몸속에 핫도그 재료를 보관하는 로봇까지. 내가 살던 곳과는 사뭇 다른 풍경에 순간 넋을 놓고 방심할 뻔했다. 나는 내가 로봇을 증오하는 이유를 떠올리며 얼른 정신을 차리려고 눈을 부릅떴다. 오늘 하루를 잘 버텨낼 수 있을까. 걱정되었다. 차수호는 그런 나를 보고 무슨 일이 있느냐 물었다. 이에 나는 괜찮다는 듯 웃어 보이며 발을 옮겼다.

우리는 많은 로봇을 지나 터미널 밖으로 나갔다. 햇빛이 쨍쨍했지만, 머리 위로 날아다니는 차들에 눈이 찡그려지는 일은 없었다. 슬슬 이동하려는 찰나 차수호가 나를 불렀다.

"설아. 신발 끈 풀렸어. 묶어줄게."

"어? 내가 해도 되는데."

차수호는 내가 말을 끝내기도 전에 먼저 몸을 숙였다. 어쩜 이렇게 설렐 만한 행동만 하지. 나는 얼굴이 홧홧해지는 게 느껴져 손으로 열기를 식혔다. 그런데 푹 숙인 그의 뒤통수에서 무언가 반짝였다. 긴 머리카락이 흩어지면서 헐렁한 티셔츠 사이로 보이지 않았던 것이 보였다. 목부터 등 아래까지 메모리 장치를 심어둔 그것은, 확실히 인간이 아닌 것의 흔적이었다. 차수호가 로봇이라고? 믿기지 않아 차수호의 뒷목에 손을 댔다. 확실한 금속의 촉감이었다. 나는 놀란 그에게 물었다.

"차수호, 너 로봇이었어?"

차수호는 아차 싶었는지 입술을 깨물더니 곧 고개를 끄덕였다. 내 얼굴이 순식간에 굳어지는 게 느껴졌다. 대체 로봇이 왜 우리 학교에, 내 옆에……. 꽉 쥔 주먹이 부들부들 떨렸다. 로봇은, 내가 그토록 증오하는 존재이니까. 지금까지 그를 좋은 사람이라고 생각하며 설렘을 느낀 내가 바보 같았다. 나는 내 표정을 살피곤 초조한 듯 눈치를 보는 그를 향해 말했다.

"있잖아. 나는 로봇이 끔찍해. 정말 싫다고. 예측할 수 없다는 점이 특히나."

로봇을 싫어한다고. 로봇인 그에게.

"그렇지만 설아. 고도로 발전한 지금의 로봇들은 이제 인간과 거의 다를 바 없어. 이건 학교에서도 가르치는 사실이잖아."

아니.

“그래. 잘 배웠지. 그런데 그게 뭐. 감정조차 제대로 느끼지 못하는 네가 감히 인간이라고. 웃기는 소리 하지 마! 그 잘난 기계 장치 따위로 만들어 낸 로봇 때문에 우리 엄마가 어떻게 됐는데. 차수호, 너야 칩만 다시 꼽으면 얼마든지 다시 살 수 있는 로봇이니까 그런 건 알지도 못하겠지. 로봇이면 로봇답게 살라고!”

이게 맞나.

“로봇다운 게 뭔데? 시간이 흐른 만큼 세상은 변했고 더 이상 모든 로봇이 사람에게 복종하며 살지 않아. 데이터를 입력하면 정해진 값만을 도출해 내는 로봇들은 이제 많지 않다고. 나는 나답게 살 거야!”

“하! 그건 마음대로 되는 게 아니야. 너도 네 몸에 있는 장치에 오류가 생기면 끔찍한 짓을 저지를 수도 있겠지. 5년 전 우리 엄마를 죽인 그 로봇처럼.”

나는 악을 썼다. 더 이상 그와 말을 하고 싶지 않았다. 그래서 몸을 돌려 무작정 걸었다. 로봇 세상 무서운 줄도 모르고 한참을 걸었다. 그러다 문득 멈춰 서서 올려다본 하늘의 해는 저물어 가고 있었다. 그때, 저 먼 곳의 로봇이 나를 향해 다가오기 시작했다. 그것은 놀랍도록 사람과 닮아있어 괴이할 지경이었다. 반쯤 부러진 한쪽 다리와 스프링이 늘어난 목에서 강한 스파크가 튀고 있지 않았더라면 눈치채지 못했을지도 모르겠다고 생각했다.

"인간, 인간, 너는 인간인가."

소름 끼치는 불량 로봇의 음성이었다. 로봇은 그 말을 끝으로 점점 속도를 높여 내게 다가왔다. 공포에 잠식된 나는 떨고 있을 뿐이었다. 그러다 정말 코앞까지 온 로봇에 간신히 정신을 차려 뒷걸음질을 치다가 주저앉고야 말았다. 차오르는 눈물에 자꾸만 시야가 흐려졌다. 불량 로봇은 팔을 들어 올렸고, 나는 체념할 수밖에 없었다.

"헉, 흡, 로봇, 살려, 주세요.."

이내 로봇이 끔찍한 쇳소리를 내며 팔을 내려치는 순간, 나는 눈을 질끈 감았다. 쾅 하는 굉음이 났다. 그러나 느껴지는 통증은 없었다. 로봇의 팔이 내게 닿기 직전 누군가가 나를 감싸 안은 듯했다. 슬며시 눈을 뜨자 보인 것은, 차수호였다. 나는 그가 보이자, 순간적으로 몸을 버둥거렸으나 그럴수록 그는 나를 더욱 세게 끌어안았다. 불량 로봇이 다시 한번 팔을 내려쳤다. 무언가 부서지는 소리가 들렸다. 쾅. 쾅. 하는 소리가 몇 번이나 계속되었고 나를 끌어안는 차수호의 힘이 약해지는 것을 느꼈다. 차수호도 그걸 느꼈는지 끌어안던 팔에 힘을 빼곤 몸을 일으켰다.

"도망가, 유설."

그 말을 내뱉는 차수호의 등은 이미 엉망이 되어 있었다. 어쩔 줄 몰라 하는 나를 본 차수호는 얼른 가라는 듯 눈짓했다. 내가 떨리는 손으로 바닥을 짚고 일어서려 하자, 이제껏 들었던 굉음과는 사뭇 다른 소리가 들려왔다. 동시에 무언가가 부서진 듯 파편이 온 사방으로 튀어 올랐다. 차수호였다. 그가 부서진 것이다. 바닥에 널브러져 몸의 군데군

데가 부서진 그의 모습은 처참하기 짝이 없었다. 나는 그것을 멍하니 쳐다보다가 결국 그의 마지막을 생각하며 엉엉 울었다. 불량 로봇은 차수호를 부수고 나서야 에너지를 다했는지 엎어진 상태였다. 저 멀리서 사이렌 소리가 들려왔을 때는, 나는 이미 정신을 잃은 상태였다.

시간이 얼마나 지났을까. 천천히, 흐릿했던 의식이 돌아왔다. 눈을 뜨자 낯선 천장이 보였다. 숨을 들이켜며 상황을 파악했다. 차수호는 어떻게 됐지? 고개를 돌리자, 침대 옆에는 한 남자가 앉아있었다. 그 모습이 어딘가 익숙했다. 나는 실례라는 사실도 인지하지 못한 채 그 남자의 얼굴을 뚫어져라 쳐다보았다.

“설아. 몸은 괜찮니? 여긴 수호네 집이야. 나는 수호 아빠고. 너희 아빠한테는 내가 연락했으니 걱정하지 마.”

“…네, 괜찮아졌어요. 그런데 저희 아빠를 어떻게 아세요?”

“설이는 아저씨를 기억 못 하겠구나. 음, 나는 너희 부모님과 같은 로봇 연구원이었어. 유준이랑 이새나. 설이 부모님 이름 맞지? 꽤 친했거든."

그제야 생각이 났다. 신발장. 매일 보던 사진 속 낯선 남자. 그는 차수호의 아빠였다.

"이제는 말할 때가 됐지. 원래는 너희 아빠가 말해줬어야 했는데. 조금 전 5년 만에 내 연락을 받은 준이가 나한테 부탁하더라. 하여간, 유준."

무슨 이야기이길래 이렇게 뜸을 들이는지. 그는 씁쓸한 표정으로 한참 동안 말이 없었다. 조금 불편하다고 느낄 때쯤 그가 숨을 길게 뱉으며 간신히 입을 열었다.

"사실 새나는 로봇 때문에 죽은 게 아니야. 사람 때문이었지. 새나와 준이는 잘 나가던 연구원이었어. 반면에 그놈은 능력 부족으로 매번 인정받지 못했으니, 열등감이 엄청났을 거야. 그리고 결국 국가 기밀 프로젝트 명단에도 이름을 못 올린 그날, 일을 저지른 거지. 국가는 프로젝트의 빠른 진행이라는 알량한 욕심 때문에 사건을 덮었어."

나는 머리가 새하얘졌다. 로봇이 아니라니. 그렇다는 건, 나의 증오가 전혀 잘못된 방향으로 흘러가고 있었다는 말이었다.

"너희 아빠는 어린 설이가 사람을 두려워하게 될까 겁이 났던 거겠지. 하지만 이렇게까지 로봇을 싫어하게 될 줄은 몰랐다네. 아저씨는 설이가 느껴왔던 슬픔의 크기를 전부 알 수는 없어. 그래도 조금은 이해할 수 있단다. 아저씨도 새나의 마지막을 지켜줬을 뿐이지 그것 말고는 아무것도 할 수 있는게 없었으니까. 하나 확실한 건 새나는 분명 설이가 행복한 삶을 살기를 바랐을 거라는 거야."

눈시울이 붉어졌다. 그 말을 하는 아저씨가 너무나도 단단해 보여서 더 눈물이 났다. 아저씨는 나의 어깨를 두어 번 토닥이다 방을 나갔다. 방문은 금방 다시 열렸다. 차수호였다. 차수호는 분명 부서졌는데. 나는 놀란 마음에 숨을 짧게 들이켰다. 그는 그런 내 마음을 아는지 모르는지 태연하게 말을 건넸다.

"확실히 AS를 받으니까 몸이 찌뿌둥하네. 설아, 다친 데는 없어?"

"너, 너야말로 어떻게 된 거야? 너는 분명 나 때문에.."

"로봇이니까. 설이 네가 말했듯이 로봇은 기억 칩만 있다면 다시 살 수 있어. 다행히 나는 칩이 망가지지 않았고."

그래, 그랬지. 알고 있던 사실도 잊어버릴 만큼 경황이 없었다. 나는 문득 차수호에게 막말을 내뱉었다는 사실이 떠올라 그를 볼 면목이 없었지만, 해야 할 말은 꼭 해야만 했나.

"차수호. 너는 너답게 살고 싶다고 말했던 거, 다시 생각해 보니까 솔직히 멋있더라. 앞으로도 너답게 살아갔으면 좋겠어. 아까는 내가 네게 큰 상처를 준 것 같아. 정말 미안해. 진심으로 사과할게. 그리고 구해줘서 고마워."

눈물이 흘렀다. 그러나 슬프지는 않았다. 가슴속 한 편의 응어리가 녹아내렸다. 차수호는 내 말을 가만히 듣다가 입을 열었다.

"설아. 그래서 어때? 지금 내 얼굴이 마음에 더 들어?"

나는 퍼뜩 고개를 들어 차수호를 쳐다봤다. 그는 우는 것도 웃는 것도 아닌 표정을 짓고 있었다. 분위기를 풀어보려 농담하는 건가 싶어 대답 대신 고개를 옅게 끄덕였다. 앞에서 자그마한 웃음소리가 들리는 듯싶더니 이내 그가 말을 이었다.

"나는 로스티에 살고 있고, 로봇이지만 인간의 감정이 탐났어. 그래서 전학을 결심한 거야. 내가 닮고 싶은 사람이 있다고 했지? 아빠의 이야기를 듣다가 알게 됐는데 그 사람이 너희 엄마더라. 나를 만들어 준 사람이 너희 엄마였던 거야. 그 사람은 감정이 좋은 거라고 했고 나를 생각하면 마음이 따뜻해진다고 했어. 그런데 나는 심장이 차갑잖아. 그래서 궁금했지. 감정이 대체 뭐길래 너희 엄마가 그렇게까지 날 아끼고 사랑해 주었는지. 물론 처음엔 혼란스러웠어. 로봇인 내가 감정을 가지려 하다니. 하지만 그럼에도 나는 너희 엄마처럼 사랑을 주는 사람이 되고 싶었어. 아빠도 내게 같은 말을 해주었지만, 너희 엄마는 누구보다 먼저 나를 사랑해 주던 사람이니까."

그는 멍하니 이야기를 듣는 나를 보면서 천천히 심장에 손을 올렸다.

"아까 설이 네가 다칠까 봐, 여기가 너무 아팠어. 그래서 내가 부서질 걸 알면서도 너를 구한 거야. 너를 만나기 전까지는 한 번도 이런 적이 없었거든. 설아, 나 감정을 갖게 된 거 맞지?"

말을 끝낸 차수호는 후련한 듯 입꼬리를 올려 크게 웃었다. 가식의 기억도 보이지 않을 만큼 해사한 웃음이었다. 그 아이 같은 웃음 때문일까, 차수호의 말 때문일까. 나의 심장이 쿵 하고 뛰었다.

후기

아주 오래전부터 나만의 글을 쓰고 싶다는 열망을 가지고 있었는데, 제가 생각했던 것보다도 조속히 첫 목표를 이루게 되어 정말 기쁩니다. 글을 쓰며 살고 싶다는 막연한 바람이 점점 확신에 가까워지고 있어요. 제 소설의 주인공은 마땅히 꿈이 없는 평범한 학생입니다. 아이러니하게도 저는 이 이야기로써 제 꿈을 이루고 있어요. 주인공도 언젠간 자신이 진정으로 원하는 것을 찾아 이루게 될 거예요. 글을 쓰는 동안에는 저 또한 주인공과 다를 바 없었으니까요. 그녀가 시험을 망칠까 두려워하듯 저도 제 글이 선정되지 않을까 불안에 떨던 밤이 있었습니다. 살면서 한 번쯤은 두려움을 갖고 흔들리는 시기가 찾아올 텐데, 제 글을 읽는 모두가 공감과 결심, 또는 그 이상의 무언가를 해낼 수 있게 된다면 좋겠습니다. 꿈을 이루기 위한 노력과 인내의 시간은 그 무엇보다 빛나고 눈물겨우니까요. 특별한 경험을 쌓도록 힘써 주신 장성렬 선생님과 글을 더욱 멋진 방향으로 이끌어 주신 김은재 작가님께 감사의 말씀 전하고 싶습니다. 좋은 문학가가 되어 이 은혜 꼭 갚겠습니다!

– 김민희

여태까지 짧은 글만 써오다가 완결된 소설을 써보게 될 줄은 몰랐는데 첫 소설로 출판의 기회를 얻을 수 있게 되어 이보다 더 좋은 일이 있을까 생각합니다. 무엇보다 김은재 작가님께 로그라인, 플롯 등 개념을 배우며 소설을 구조적으로 이해하는 관점을 갖출 수 있게 되어 감사한 경험이었습니다. 마지막으로 수정한 소설을 내는 순간까지 '이런 글이 출판되어도 되는 건가?'라는 생각을 멈출 수 없었지만, 이미 저지른 거 기쁜 마음으로 기다릴 수 있을 것 같습니다. 이번 경험을 통해 앞으로도 글쓰기와 인접한 삶을 살 수 있으면 좋겠다는 생각이 들었고, 너무나 소중한 기회를 주신 김은재 작가님과 장성렬 선생님께 정말 감사하다는 말씀 드리고 싶습니다.

- **김수아**

어릴 때 어디선가 들은 말이 있습니다. '직업은 꿈이 될 수 없다. 직업은 꿈을 이루기 위한 수단일 뿐이다.'. 몇 년이 지나도 잊히지 않는 이 말 하나 덕에 제겐 확고한 꿈이 생겼습니다. 미래 제 아이가 다닐 학교의 도서관에서 가장 너덜

너덜한 책 표지에 제 이름이 적혀있길 바랍니다. 작가라는 수단을 통해 그 꿈을 이루고자 합니다. 그런 제게 이 출간 기회가 찾아왔고, 정말 큰 기쁨이었습니다. 하지만 동시에 상당한 부담이기도 해 글을 적는 내내 걱정하기도 했습니다. 그래도 함께 이 계단을 오른 친구들과 주변의 응원 덕에 많은 힘을 받아 무사히 마무리할 수 있었습니다.

글을 적기 시작한 지 2년도 채 되지 않아 찾아온 출간 기회이기에 여전히 얼떨떨한 감정이 앞섭니다. 제 이름을 건 이야기가 사람들에게 나간다니, 어쩌면 조금의 오만이 생기는 것 같기도 합니다. 그렇지만 이건 제 꿈의 첫 문장에 불과하다는 것을 압니다. 마침표로써 두진 않으려 합니다. 앞으로 밟아야 할 계단은 수없이 많겠지만, 이 출간을 통해 조금의 용기와 큰 배움을 얻었습니다. 제 꿈을 위해, 그리고 저희를 위해 진심으로 한마디 한마디 건네주신 김은재 작가님께 정말 감사합니다.

- 김아현

프로젝트에 참여하며 우여곡절이 많았지만 그만큼 즐거움도 많았습니다. 사실 작가님과의 첫 수업을 마친 뒤 주변에 이렇게 참신한 아이디어를 가진 친구들이 많았구나 싶어 내심 초조하고 불안한 마음이 들었어요. 그렇기에 글을 쓰는 데에서도 자신감을 느끼지 못했던 것 같아요. 하지만 프로젝트를 모두 마치고 순간순간들을 되돌아보니 그때 제가 했던 생각들도 결국에는 모두 글을 완성하는 하나의 과정이었다는 것을 깨달을 수 있었습니다. 작가님께서 수업을 하시면서 글을 쓸 때 가장 중요한 것은 용기라는 말씀을 해주셨는데 저는 그 말에 큰 위안을 얻었어요. 덕분에 프로젝트의 진행 과정에서 어려움에 직면했을 때도 잘 이겨내어 진전을 이룰 수 있었습니다. 원고를 보내고 피드백을 받는 과정을 반복하면서 작가는 편집자와 함께 성장한다는 말이 어떤 말인지 이해할 수 있었어요. 제 이야기가 더욱 빛날 수 있도록 많은 도움을 주신 김은재 작가님께 감사를 표하고 싶습니다. 작가님과 함께한 수업들은 시간이 지나도 잊히지 않을 만큼 값진 기억으로 남을 것 같아요. 단순히 글을 쓰는 방법만을 알려주는 형식적인 수업이 아니라 사람들이 보고 싶어 하는 이야기는 무엇인지, 내가 하고자 하는 이야기를 전달하는 방법은 무엇인지 알려주는 수업이었기 때문에 더욱 귀중한 시간이었다고 생각합니다. 다른 무엇보다도 내가 공을 들여 쓴 이야기가 책이 되어 세상에 나온다는 사실이 이 프로젝트의 가장 큰 보람인 것 같아요. 많은 깨달음을 얻었으니 앞으로도 이 마음과 가르침을 잊지 않고 세상에 따뜻함을 전하는 글을 쓰고 싶다는 생각이 들었습니다.

– **최윤영**

책 쓰기 동아리를 만든 지 세 해가 지나가고 있습니다. 세상에 하나밖에 없는 자기만의 책을 보란 듯이 세상에 내놓는 일의 설렘과 기쁨을 느끼게 해주고 싶었죠. 작년 동아리 발표회 때는 작가로서 자기의 책이 팔리는 경험도 해보라고 직접 책을 팔기도 했었습니다. 결과는 말 그대로 완판이었죠. 그 나이 또래라면 누구나 공감할 법한 이야기들을 누군가가 책으로 써내니 책을 사는 학생들도 굉장히 기뻤을 것 같습니다. 동아리 세부 능력과 특기사항에 책이 완판된 내용까지 기록하면서, 책 쓰기 동아리를 만든 일에 저 스스로 대견해했던 기억이 새록새록 떠오릅니다.

올해는 '도전, 나도 작가' 프로젝트가 있다는 것을 알고 신청서를 접수한 후 제발 뽑혔으면 좋겠다며 속으로 많이 빌었습니다. 선발되었다는 알림을 받고 날 듯이 기뻐하던 때가 엊그제 같은데, 김은재 작가님과 네 번의 만남이 끝나고 이제 책을 출판할 일만 남았다는 게 실감 나지 않습니다. 계속 꿈을 꾸고 있는 것 같달까요?

학교 울타리를 벗어나 정식으로 학생들의 글이 출판되는 모습을 볼 수 있게 된 건, 순전히 학생들 한 명 한 명의 글을 꼼꼼하게 읽고 열정적으로 피드백해 주신 김은재 작가님의 공입니다. 글감을 고르는 안목부터 독자들이 무엇을 좋아하는지, 글을 어떤 방향으로 이끌어가야 하는지까지 세심하게 살펴 주신 김은재 작가님 덕분에 같은 교사인 저도 많은 걸 배울 수 있었습니다. 한 거라곤 자리를 마련한 거밖에 없는 제게 '키다리 아저씨'라는 과분한 표현까지 해 주셔서 저의 자존감도 몇 배로 커질 수 있었습니다. 감사합니다, 작가님. 좋은 자리에서 꼭 다시 뵐 수 있었으면 좋겠습니다.

김민희, 김수아, 김아현, 최윤영. 조금씩 틀이 잡혀가는 네 학생의 글을 읽어가는 것은 제게도 큰 기쁨이었습니다. 이미 작년부터 글쓰기에 두각을 나타냈던 네 학생이 작가님과 만나 성장해 가는 모습을 보면서 전율을 느끼기도 했습니다. 독자 여러분께서 미래의 작가 네 명에게 많은 관심과 사랑을 전해 주신다면 네 학생은 끝 모르게 계속 발전해 갈 거라 믿습니다. 저는 그 길에서 늘 그랬던 것처럼 여기저기 기웃거려 볼 생각입니다. 감사합니다.

- 문일여고 지도교사 장성렬

초판 1쇄 2023년 11월 27일 발행
발행처 (주) 작가의탄생
펴낸이 김용환
디자인 박지현
주소 04521 서울시 중구 청계천로 40 한국콘텐츠진흥원 CKL 1315호
대표전화 1522-3864
전자우편 we@zaktan.com
홈페이지 www.zaktan.com
출판등록 제 406-2003-055호
ISBN 979-11-394-1696-1 03810

* 잘못된 책은 바꾸어 드립니다.
* 책값은 뒤표지에 있습니다.